BARBARA CARTLAND

Der Familienfluch

Aus dem Englischen
von Esther Facius

BASTEI
LÜBBE

BASTEI-LÜBBE-TASCHENBUCH
Band 11 834

Deutsche Erstveröffentlichung
Titel der englischen Originalausgabe: Never Forget Love

Printed Mai 1992
Einbandgestaltung: Roland Winkler
Titelfoto: Vincence/Norma Barcelona
Satz: KCS GmbH, 2110 Buchholz/Hamburg
ISBN 3-404-11834-0

1

1818

»Du kommst spät«, sagte Nerissa, als ihr Bruder ins Haus trat und die Reitpeitsche auf einen Stuhl in der kleinen Halle warf.

»Ich weiß«, gab er zur Antwort. »Verzeih mir, aber heute hab' ich ein Pferd geritten, das den Teufel im Leib hatte. Ich kann jedoch sagen, daß ich zum Schluß ganz gut damit zurechtgekommen bin.«

Nerissa lächelte.

Sie wußte, wie versessen ihr Bruder aufs Reiten war und daß er für ein gutes Pferd auf jedes andere Vergnügen leichten Herzens verzichten konnte.

Oft, wenn sie sich im Haushalt abrackerte, wenn sie Schwierigkeiten mit dem Küchenherd hatte, der zu alt war, um noch ordentlich zu funktionieren, oder wenn die Sorgen um das Wirtschaftsgeld sie quälten, stellte sie sich vor, daß eines der Bücher ihres Vaters Erfolg hätte, daß er berühmt und die Familie plötzlich reich sein würde.

Es war ein so abwegiger Traum, daß sie darüber in lautes Lachen ausbrach und dachte: Mein Gott, wie kannst du nur so naiv und kindisch sein!

Hinter diesem Traum verbarg sich der Wunsch, wenigstens so viel Geld zu besitzen, daß sie es sich leisten konnten, Harry ein oder zwei Reitpferde zu kaufen. Dies und einige Anzüge, die ihn genauso elegant und modisch aussehen ließen wie seine Freunde und Studienkollegen in Oxford.

Niemand konnte besser aussehen als Harry. Selbst in dem verschossenen Reitdreß, den er seit Jahren trug und der bereits an vielen Stellen geflickt war, machte er eine großartige Figur und stahl manchem Dandy die Schau.

Ein Wunder war das allerdings nicht, denn sein Vater, obwohl bereits grauhaarig und mit vielen Falten im Gesicht, war immer noch ein ungewöhnlich gutaussehender Mann.

Und oft genug fragte sich Nerissa, weshalb nach dem Tod der Mutter keine einzige Frau den Versuch gemacht hatte, sich ihren Vater einzufangen.

Doch gleich darauf mußte sie darüber lachen, wie sehr die Phantasie wieder einmal mit ihr durchging.

Es war nämlich äußerst zweifelhaft, ob Marcus Stanley, der Bücherwurm, der Mann, der an einer umfangreichen Ausgabe der Geschichte der Architektur Englands arbeitete, überhaupt wahrnahm, daß es Frauen auf der Welt gab. Zu interessieren schien ihn jedenfalls keine einzige.

Marcus Stanley schrieb Bücher. Sein Wissensgebiet war die Architektur, und er galt als außergewöhnlicher Kenner und Experte der Materie.

Harry gab offen zu, daß ihm die Intelligenz fehlte, um das Werk seines Vaters zu verstehen. Und auch Nerissa fand die detaillierten Beschreibungen englischer Bauwerke manchmal ausgesprochen langweilig

– und das, obwohl sie ihrem Vater mit kindlicher Liebe zugetan war.

Die englische Architektenvereinigung war von der Arbeit ihres berühmten Mitglieds natürlich begeistert, und je umfangreicher die einzelnen Bände gerieten, um so enthusiastischer war der Beifall.

Nerissa hatte wenig Verständnis für solche Reaktionen. Sie sah nur die bedrückende Tatsache, daß die Einkünfte aus dem Verkauf der Bücher im umgekehrten Verhältnis zu deren Umfang zu stehen schienen.

Das hielt sie natürlich nicht davon ab, so etwas wie Stolz und Bewunderung zu empfinden, wenn sie beim Staubwischen in der Bibliothek die stattliche Reihe von vier dickleibigen Folianten sah, die alle den Namen ihres Vaters trugen.

Harry zog die mit Lehm bedeckten Reitstiefel aus.

»Ich hoffe«, sagte Nerissa, »du hast dich bei Mister Jackson bedankt, daß er dir eines seiner Pferde überläßt, um damit auszureiten.«

»Umgekehrt ist es richtig«, erwiderte Harry. »Er muß sich bei mir bedanken. Und das tut er auch. Heute sagte er mir, nach dem Kauf des Tieres habe er regelrecht Angst gehabt, sich auf dessen Rücken zu schwingen. Stell dir vor, er hat schon auf meine Heimkehr gewartet, denn er weiß, wenn einer das Pferd zureiten kann, dann bin ich es.«

Nerissas Blick wanderte zu den lehmbeschmierten Stiefeln, dann zu Harrys Hose, die auch nicht mehr ganz blütenweiß war. Ihr Bruder wußte sofort, was sie dachte.

»In Ordnung!« verteidigte er sich. »Zweimal hat es mich abgeworfen. Beim zweiten Mal hatte ich einige

Mühe, es wieder einzufangen. Aber auf dem Rückweg zur Farm begann es zu kapieren, wer sein Meister ist.«

Nerissa lächelte.

»Dann hast du sicher Hunger«, meinte sie. »Wasch dir die Hände, und komm ins Eßzimmer. Ich sage indessen Papa Bescheid, daß das Essen fertig ist. Er braucht ja nicht unbedingt zu wissen, daß dies schon seit einer Stunde der Fall ist.«

Sie ging in die Küche, wo es einladend nach gebratenem Hasen duftete. Eine alte Frau mit gichtgekrümmten Händen versuchte soeben mit ungeschickten Bewegungen, eine heiße Fleischplatte aus dem Backofen zu holen.

»Lassen Sie mich das machen, Mrs. Cosnet«, rief Nerissa hastig. Sie wußte, was die alte Köchin in der letzten Zeit schon alles zerdeppert hatte.

Es gelang ihr, die Platte im letzten Augenblick zu retten. Sie trug den Hasen ins Eßzimmer und holte danach die Schüsseln mit den Kartoffeln und dem Gemüse aus dem Ofen und stellte sie auf den Eßzimmertisch.

Nach einem prüfenden Blick auf die gedeckte Tafel lief sie in die nicht sehr geräumige Halle hinaus und von dort ins Arbeitszimmer ihres Vaters.

»Das Mittagessen ist angerichtet, Papa«, rief sie. »Bitte, beeil dich ein wenig. Harry ist schon zurück und stirbt fast vor Hunger.«

»Wie, ist es schon Mittag?« fragte ihr Vater geistesabwesend.

Nerissa widerstand der Versuchung, ihm zu erwidern, daß es bereits ein Uhr sei und daß nicht nur Harry Hunger hatte, sondern sie selbst auch.

Zögernd erhob sich Marcus Stanley. Die Trennung von seinem vor ihm liegenden Manuskript fiel ihm offensichtlich schwer. Aber dann gab er sich einen Ruck und folgte seiner Tochter ins Eßzimmer.

»Bist du heute morgen gut vorangekommen, Papa?« fragte Nerissa, während sie ihm ein Stück Hasenbraten auf den Teller legte, wobei sich sie bewußt war, daß er bereits eine ziemlich harte Kruste hatte. »Nach dem Essen mußt du unbedingt einen Spaziergang machen, bevor du dich wieder an den Schreibtisch setzt. Du weißt, daß es nicht gut ist, wenn du zu wenig frische Luft bekommst.«

»Ich bin in meinem Kapitel über die elisabethanische Bauperiode gerade an einem hochinteressanten Abschnitt angelangt«, antwortete ihr Vater. »Die Tatsache, daß ich Bezug auf dieses Haus nehmen kann, erleichtert mir die Sache natürlich kolossal. Ich kann zum Beispiel aus eigener Anschauung beschreiben, wie haltbar die Ziegel aus dieser Zeit sind, auch wenn sie im Laufe der Jahre poröser und weicher wurden. Jedenfalls haben sie der Zeit und der Witterung erstaunlich getrotzt. Sie befinden sich zumindest in einem weitaus besseren Zustand als die Steine, die zweihundert Jahre später gebrannt wurden.«

Nerissa antwortete nicht, denn in diesem Moment kam Harry ins Zimmer.

»Tut mir leid, daß ich zu spät komme, Papa«, sagte er. »Aber ich hatte einen prächtigen Ritt auf einem Pferd, das einige Zeit brauchte, um zu kapieren, wer von uns beiden den Ton angibt.«

Marcus Stanleys Blick ruhte nachdenklich auf dem lächelnden Gesicht seines Sohnes, als er sagte:

»Ich erinnere mich noch gut: In deinem Alter war ein noch nicht zugerittenes Pferd eine unwiderstehliche Herausforderung für mich.«

»Ich bin sicher, es würde dir jetzt noch genausoviel Spaß machen«, erwiderte Harry.

Er bediente sich von der Platte, die seine Schwester ihm reichte, und begann mit Heißhunger zu essen.

Nerissa beobachtete ihn. Sie fragte sich besorgt, ob sie es wohl schaffen würde, während der Semesterferien so viel Lebensmittel im Haus zu haben, daß sie Harry immer satt bekam.

Schon wenn er nicht zu Hause war, fiel es ihr schwer, mit dem Wirtschaftsgeld, das ihr Vater ihr gab, so umzugehen, daß sie nicht zu hungern brauchten.

Doch mit Harry, der sie noch arm essen würde, wie sie es auszudrücken pflegte, war es unmöglich, mit dem geringen Betrag auszukommen, der ihr im Monat zur Verfügung stand.

Sie würden Schulden machen müssen, wenn sie nicht wollte, daß ihr Bruder Abend für Abend mit halbleerem Magen ins Bett ging.

Hasen waren ihr Hauptnahrungsmittel, wenigstens in der längsten Zeit des Jahres.

Nerissa dachte daran, daß die Farmer bald mit dem Schießen der Tauben beginnen würden, die über die junge Saat herfielen. Und Harry hatte ihr oft gesagt, daß gebratene Tauben, so wie sie sie zubereitete, ein wahrer Leckerbissen seien.

Ein wenig wehmütig erinnerte sie sich daran, daß im Augenblick die Zeit der jungen Lämmer war. Doch es war eine Ewigkeit her, seit sie gebratenes Lamm auf ihrem Speisezettel hatten.

Was sie sich allenfalls leisten konnten, war ein altes Schaf im vorgerückten Jahr, wenn die Preise fielen, weil das Fleisch dann bereits sehr zäh war, mochte man sich bei der Zubereitung auch noch so viel Mühe geben.

Ein Glück, dachte sie, während sie ein Stück Hasenfleisch auf die Gabel nahm, daß Mutter eine so außergewöhnlich gute Köchin war. Vor ihrem Tod hatte sie Nerissa beigebracht, wie die Gerichte zubereitet wurden, die ihr Vater und Harry bevorzugten.

Kartoffeln waren natürlich unersetzbar. Gekocht, geröstet oder in Fett im Backofen gebraten, mußten sie immer dann als Lückenbüßer herhalten, wenn die Fleischportion aus Kostengründen sehr klein ausfiel.

»Ist noch was da?« unterbrach Harry ihre Gedanken.

»Ja, natürlich«, erwiderte sie.

Sie gab ihm alles, was auf der Platte lag, bis auf einen Rest, den sie ihrem Vater zuteilte.

Wie immer hielt er sich in den Tagen Elisabeths auf. Er aß automatisch und, wie es ihr vorkam, ohne wirklich zu wissen, womit er sich eigentlich den Magen füllte.

Auf dem Tisch lag ein frischer Laib Bauernbrot, und Harry schnitt sich eine dicke Scheibe ab, um damit die Soßenschüssel zu säubern.

»Lecker!« sagte er schmatzend und leckte sich die Lippen. »Niemand macht den Hasen so gut wie du, Nerissa. Das, was man uns in Oxford als Hasen vorsetzt, ist einfach ungenießbar.«

Nerissa lächelte über das Lob, stellte die Teller und Schüsseln zusammen und trug sie in die Küche.

Vorausschauenderweise hatte sie noch einen Nachtisch vorgesehen, einen Rührkuchen, der wundervoll aufgegangen war und eine goldbraune Kruste hatte. Sie brauchte nur noch die selbstgemachte Erdbeermarmelade darüberzugießen, die sie im Jahr zuvor eingekocht hatte.

Harry stürzte sich mit Begeisterung auf den Topfkuchen, und nachdem es zum Abschluß noch ein Stück Käse gegeben hatte, schien er einigermaßen satt zu sein.

Es war der letzte Käse gewesen, den Nerissa in der Vorratskammer hatte, und sie nahm sich vor, am Nachmittag ins Dorf zu gehen und einzukaufen.

Nach dem Topfkuchen hatte ihr Vater sich erhoben und gesagt:

»Entschuldigst du mich, Nerissa? Ich muß wieder an die Arbeit gehen.«

»Nein, Papa«, erwiderte Nerissa fest. »Du weißt, du brauchst unbedingt etwas Bewegung. Ich schlage vor, du spazierst bis zum Ende des Obstgartens und siehst nach, ob die Obstbäume angewachsen sind, die wir im vergangenen Herbst gesetzt haben. Du weißt, wir mußten etwas tun, nachdem einige unserer besten Bäume bei den Märzstürmen zu Schaden gekommen sind.«

»Ja, natürlich.«

Dann, als wollte er eine unangenehme Aufgabe möglichst schnell hinter sich bringen, rannte er in die Halle hinaus. Er setzte sich den alten Filzhut auf und trat durch die Hintertür in den sonnenbeschienenen Garten.

Harry lachte.

»Du tyrannisierst ihn. Das weißt du!«

»Aber er braucht dringend frische Luft. Es ist nicht gut für ihn, Tag und Nacht in diesem stickigen Studierzimmer zu hocken.«

»Für seine Gesundheit mag es vielleicht nicht gut sein, aber ihn macht es glücklich.«

Es entstand eine Pause, bevor Nerissa meinte:

»Da bin ich nicht so sicher. Oft habe ich das Gefühl, daß Mama ihm mehr fehlt, als er es vor sich selbst zugeben will. Ich denke, daß er sich nur deshalb so wild in seine Arbeit stürzt, weil er nur so den Schmerz über ihren Tod betäuben kann.«

Ihre Stimme klang sanft und leise. Harry blickte seine Schwester forschend an.

»Dir fehlt Mama auch?«

»Schrecklich«, antwortete Nerissa. »Alles ist so anders ohne sie. Wenn du nicht da bist und Papa manchmal so tut, als wäre ich überhaupt nicht auf der Welt, glaube ich, das Leben nicht mehr ertragen zu können.«

»Das tut mir leid«, erwiderte Harry mitfühlend. »Ich hatte ja keine Ahnung, wie dir zumute ist. Und wenn ich denke, daß ich mich in Oxford amüsiere, während du hier die Arbeit einer Dienstmagd verrichtest, komme ich mir richtig schäbig vor.«

»Es macht mir nichts aus, die Arbeit einer Dienstmagd zu verrichten, wie du es nennst«, sagte Nerissa. »Es ist nur die Einsamkeit, unter der ich leide. Oft sehe ich tagelang keine Menschenseele – außer wenn ich ins Dorf gehe. Die Leute sind auch alle sehr nett zu mir, aber es ist nicht mehr so wie in der Zeit, als Mama noch lebte, die mich zu ihren Freundinnen mitnahm oder hier von ihnen besucht wurde.«

»Nein, natürlich nicht«, gab Harry zu. »Was ist eigentlich mit ihnen? Mit Mamas Freundinnen, meine ich.«

»Nach Mamas Tod waren sie auf ihre Art sehr nett zu mir, aber es waren ihre Freundinnen, nicht meine. Sie kamen her, um sich mit ihr zu unterhalten, nicht mit einem siebzehnjährigen Mädchen, das ich damals war. Trotzdem haben sie mich des öfteren zu irgendwelchen Gesellschaften eingeladen, doch ich hatte nie Gelegenheit, dorthin zu kommen. Und, was noch schlimmer ist, ich hatte nichts anzuziehen für solche Einladungen.«

Harry schwieg einen Moment. Dann sagte er:

»Ich bin nur noch ein Jahr in Oxford. Danach werde ich wohl in der Lage sein, mein erstes Geld zu verdienen. Ich hoffe, es geht uns dann ein wenig besser. Das Studium mittendrin und ohne Examen aufzugeben halte ich für wenig sinnvoll. So lange mußt du noch durchhalten, Nerissa!«

Nerissa stieß einen entsetzten Laut aus.

»Nein, um Gottes willen nicht!« sagte sie dann mit erhobener Stimme. »Es ist ganz wichtig, daß du dein Studium zu Ende führst! Ein Abschluß ist sehr wichtig. Es wäre alles umsonst, wenn du abbrichst.«

»Ja«, sagte Harry. »Außerdem habe ich in diesem Semester hart gearbeitet. Mein Tutor ist sehr zufrieden mit mir.«

Nerissa ging um den Tisch herum. Sie legte die Arme um den Hals des Bruders und küßte ihn auf die Wange.

»Ich bin sehr, sehr stolz auf dich«, sagte sie. »Du mußt dir nichts draus machen, wenn ich einmal brummig bin. Ich bin so froh, dich hier zu haben – und ich möchte auch Papa nicht missen. Falls er überhaupt wahrnimmt, daß ich da bin. Es ist sehr undankbar von mir, zu quengeln wie die alte Mrs. Withers.«

Die letzten Worte waren eine Anspielung auf ein Dorforiginal, und Harry lachte laut. Dann legte er die Arme um die Hüfte der Schwester und sagte:

»Ich werde mir etwas ganz Besonderes für dich einfallen lassen – ein Party. Sorge jedenfalls schon mal für ein neues Kleid, das du dir nähst.«

»Ein neues Kleid!« rief Nerissa entsetzt. »Was denkst du wohl, wo ich das Geld dafür hernehmen soll?«

»Wo ein Wille ist, ist auch ein Weg!« erwiderte Harry leichthin. »Nanny hat das immer gesagt, wenn wir uns bei ihr herausreden wollten. Vielleicht legen wir einfach einen Fastentag ein. Das Geld, das wir auf diese Weise einsparen, wird sicher reichen, um dich einzukleiden wie die Königin von Saba.«

»Das ist allerdings eine Idee!« Nerissa lachte hellauf. »Ich sehe das Kleid schon plastisch vor mir, in dessen Besitz mich dieses grauenhafte Opfer bringen wird.«

»Ich werde dir verraten, welcher Einfall mir gerade gekommen ist«, begann Harry, verstummte aber dann.

Von der Haustür her ertönte nämlich ein lautes, unerwartetes Klopfen.

Bruder und Schwester blickten einander an.

»Wer kann das sein?« fragte Harry. »Doch wer es auch ist, er scheint sehr ungeduldig zu sein. Erwartest du die Duns oder Bailift, die dir eine unbezahlte Rechnung präsentieren wollen?«

»Nein, natürlich nicht«, erwiderte Nerissa.

Sie nahm die Schürze ab, die sie zum Abtragen des

Geschirrs umgebunden hatte, und ging durch die Halle zur Haustür.

Harry rührte sich nicht von der Stelle, doch er nutzte die Gelegenheit, um sich das große Stück Topfkuchen, das vom Nachtisch übriggeblieben war, in den Mund zu schieben.

Er hörte, wie seine Schwester einen Laut der Überraschung ausstieß.

Während er sich auf die Tür des Speisezimmers zubewegte, sagte Nerissa gerade:

»Das kann doch nicht wahr sein! Delphine – du?«

»Ich dachte mir, du würdest überrascht sein bei meinem Anblick«, antwortete eine kultivierte Stimme.

Harry eilte in die Halle und starrte fassungslos auf die Frauengestalt, die soeben das Haus betreten hatte.

Sie war nach der neuesten Mode gekleidet. Ihr hochkroniger Hut war mit einer Pfauenfeder geschmückt. Seine Farbe war genau auf die des Kleides abgestimmt, über dem sie einen pelzbesetzten Umhang trug.

Die Lady machte ein paar Schritte in die Halle, blickte sich naserümpfend um und sagte:

»Ich hatte ganz vergessen, wie klein hier alles ist.«

»Wir dachten, du hättest uns vergessen«, sagte Harry unverblümt. »Wie geht's dir denn, Delphine? Oder ist die Frage überflüssig?«

Die Erscheinung verharrte und starrte Harry an. Die Augen zusammengekniffen, musterte sie ihn.

»Du bist groß geworden, Harry!« sagte sie.

»Wundert dich das?« erwiderte Harry. »Schließlich hast du mich sechs Jahre nicht gesehen!«

Er machte eine Pause, bevor er fortfuhr:

»Was dein Aussehen betrifft, so muß ich sagen, es läßt nichts zu wünschen übrig!«

»Danke«, entgegnete Delphine mit einer Spur von Sarkasmus in der Stimme. Dann wechselte sie abrupt den Ton und setzte fast ein wenig brüsk hinzu:

»Ich habe mit euch zu reden, und ich hoffe, es gibt einen Platz, wo wir uns hinsetzen können.«

»Komm ins Wohnzimmer«, sagte Nerissa. »Es hat sich nichts darin verändert, und ich bin sicher, du wirst dich noch daran erinnern.«

Sie öffnete eine Tür und betrat einen Raum mit niedriger Decke, den ihre Mutter nur zu besonderen Gelegenheiten benutzt hatte.

Dort befanden sich die besten Möbel und alle Kunstgegenstände von einigem Wert. Darunter auch die Gemälde der Stanley-Ahnen, die würdevoll von der dunklen Holztäfelung auf den Betrachter niederblickten.

Delphine trat ein, während die seidenen Petticoats unter ihrem Kleid leicht über den Boden schleiften und ein distinguiertes Rascheln erzeugten.

Sie legte den Umhang mit dem kostbaren Hermelinbesatz ab und reichte ihn Nerissa, bevor sie sich in den Lehnsessel vor dem Kamin sinken ließ. Ohne die Schwester anzusehen, schaute sie sich im Zimmer um.

»Alles noch so wie früher«, sagte sie. »Und natürlich wirkt es am besten im Kerzenschein am Abend.«

»Wir sitzen seit Mutters Tod nur noch selten hier«, erklärte Nerissa. »Statt dessen benutzen wir Papas Studierzimmer oder, wenn Harry zu Hause ist, das Morgenzimmer.«

Während sie sprach, hatte sie den Eindruck, daß die

Schwester ihr nicht zuhörte. Sie fragte sich, aus welchem Grund Delphine wohl hergekommen und plötzlich ohne jede Voranmeldung bei ihnen aufgetaucht war.

Delphine war vier Jahre älter als Harry und fünf Jahre älter als Nerissa. Mit achtzehn hatte sie Lord Bramwell geheiratet. Er hatte sie auf einer Gartenparty des Lord Lieutenants der Grafschaft kennengelernt und sich sofort in sie verliebt.

Er war sehr viel älter als sie, und Delphines Mutter hatte große Bedenken gehabt, ob ihre Tochter das Richtige tat, als sie seinen Antrag annahm.

»Du solltest dir das sehr genau überlegen, Liebes«, hatte sie gesagt. »Schließlich kennst du nur sehr wenige Männer, und Lord Bramwell ist so viele Jahre älter als du.«

»Er ist reich und einflußreich, Mama, und ich möchte ihn heiraten«, hatte Delphine starrsinnig erwidert.

Sie hatte alle Bitten der Mutter, den Entschluß noch einmal zu überdenken oder die Verlobungszeit wenigstens möglichst lange hinauszuschieben, in den Wind geschlagen.

Da der große Altersunterschied der einzige Grund für Mr. und Mrs. Stanley gewesen war, ihrer Tochter von einer Heirat mit Lord Bramwell abzuraten, hatte Delphine ihren Willen durchgesetzt und sich in geradezu überstürzter Hast trauen lassen.

Und als sie in einer eleganten Kutsche, die von vier edlen Pferden gezogen wurde, davongefahren war, war sie auch aus dem Leben ihrer Eltern und Geschwister entschwunden – wie es schien, für immer.

Zurückblickend konnte Nerissa das Geschehene immer noch nicht fassen.

In dem einen Moment war Delphine noch ein Mitglied der Familie gewesen, allem Anschein nach glücklich darüber, zusammen mit ihren Eltern und Geschwistern in dem alten elisabethanischen Haus mit dem Namen Queen's Rest zu leben. Eine Minute später war sie einfach nicht mehr dagewesen, und es war ihnen allen so vorgekommen, als hätte es sie nie gegeben.

Als Mrs. Stanley vier Jahre nach Delphines Hochzeit gestorben war, hatte ihre Tochter sich in Paris aufgehalten. Sie hatte nicht im entferntesten daran gedacht, zur Beisetzung der Mutter nach Hause zu kommen. Sie hatte ihrem Vater lediglich einen kurzen, ziemlich kühlen Beileidsbrief geschrieben und danach nie wieder etwas von sich hören lassen.

Für Nerissa, die ihre Schwester liebte, einfach weil sie ein Familienmitglied war, hatte ein solches Verhalten etwas Unfaßbares, ja Unverschämtes gehabt. Selbst die Entschuldigung, daß Lord Bramwells Landsitz am anderen Ende der Insel liege, tröstete Nerissa nicht. Für sie war es so, daß sie nicht nur die Mutter, sondern auch die Schwester verloren hatte.

»Ich habe ihr zum Geburtstag geschrieben«, sagte sie einmal zu Harry. »Aber sie hat mir nie darauf geantwortet.«

»Delphine braucht uns nicht mehr«, entgegnete Harry. »Sie gehört nun zur feinen Gesellschaft Londons und gilt als eine der Schönheiten von St. James.«

»Woher weißt du das?« fragte Nerissa.

»Meine Studienkollegen in Oxford reden über sie, und ihr Name steht fast täglich in den Gesellschaftsspalten. Vergangene Woche hieß es, sie sei die schönste Frau im Devonshire House gewesen. Und dort soll es auf einem Quadratmeter mehr weibliche Schönheiten geben als sonst in einer ganzen Grafschaft.«

Harry lachte, und Nerissa wußte, daß es ihn amüsierte.

Für sie jedoch war es nicht nur unfaßbar, daß Delphine sich nicht mehr um ihre Familie kümmerte, sie fühlte sich durch die Gleichgültigkeit der Schwester auch tief verletzt.

Während sie die Schwester nun betrachtete, konnte sie verstehen, daß man sie für die schönste Frau in London hielt.

Delphine sah sehr reizvoll aus. Ihr Haar schimmerte golden wie reifes Korn. Ihre Augen erstrahlten in einem lebendigen Blau, und die Beschaffenheit ihrer Haut war makellos.

Sie war der gleiche Typ wie Georgina, die Ducheß von Devonshire, und wie die anderen Ladys, von denen Harry ihr erzählt hatte, die von den jungen Männern im Gefolge des Prinzregenten umschwärmt wurden.

Delphine war schlanker, als Nerissa sie in Erinnerung hatte, und sie hatte sich eine gezierte Art, die Hände zu bewegen, angeeignet. Ihr Gang hatte etwas Hoheitsvolles, und der hohe Hals und der freimütige Halsausschnitt verliehen ihrer Erscheinung Eleganz und Sinnlichkeit.

Nun, nachdem auch Harry sich gesetzt hatte, entstand eine kleine Pause, ehe Delphine sagte:

»Ich nehme an, ihr seid überrascht, mich zu sehen. Doch ich bin hergekommen, weil ich eure Hilfe brauche.«

»Unsere Hilfe?« stieß Harry hervor. »Ich kann mir kaum vorstellen, wie diese Hilfe aussehen könnte. Von den Pferden deines Mannes habe ich wahre Wunderdinge gehört, und ich weiß, daß er vor zwei Jahren das Zweitausend-Guineen-Rennen gewonnen hat.«

Eine Pause entstand.

Dann sagte Delphine:

»Mein Mann ist tot!«

»Tot?«

Nerissa richtete sich kerzengerade auf. Fassungslosigkeit lag auf ihren Zügen.

»Soll das etwa heißen, daß du Witwe bist, Delphine?« fragte sie. »Aber warum haben wir das nie erfahren?«

»Ich vermute, eine Zeitung könnt ihr euch nicht leisten, wie?« fragte Delphine höhnisch. »Er starb vor zwölf Monaten. Das Trauerjahr ist zu Ende, wie ihr seht.«

»Tut mir leid«, sagte Nerissa weich. »Fehlt er dir sehr?«

»Keineswegs«, erwiderte Delphine kalt. »Und das ist auch der Grund, weshalb ich eure Hilfe brauche.«

»Er kann dich doch nicht mittellos zurückgelassen haben, Delphine. Oh, wie können wir dir nur helfen?«

»Nein, er hat mich natürlich nicht mittellos zurückgelassen«, rief Delphine unwillig. »Wenn ich Geld brauchte, wäre ich bestimmt nicht zu euch gekommen. Mit Geld bin ich bestens versorgt. Es geht um etwas ganz anderes.«

»Und was könnte das sein?« fragte Harry. »Übrigens hast du Papa und Nerissa tief gekränkt, daß du nie etwas von dir hören ließest.«

Delphine machte eine huldvolle Handbewegung.

»Etwas von mir hören zu lassen war gar nicht so einfach für mich«, erwiderte sie. »Mein Mann war an meiner Familie nicht interessiert. Weshalb sollte er auch?«

»Und deshalb warst du froh, uns los zu sein?« fragte Harry unverblümt.

»Ganz so war es nicht«, antwortete Delphine. »Ich hatte ein neues Leben begonnen und wollte das frühere Elend einfach vergessen.«

»Das frühere Elend?« fragte Nerissa erstaunt.

»Ja, das Knausern und Sparen all die Jahre«, erwiderte Delphine. »Nie gab es mal ein ordentliches Kleid, nie satt zu essen. Ich hatte genug von den Entbehrungen und dem ständigen Hungern.«

Nerissa hielt den Atem an. Noch bevor sie etwas auf die Worte der Schwester erwidern konnte, fuhr diese bereits fort:

»Aber wir sind immer noch Geschwister, und ich kann nicht glauben, daß ihr mir meinen Wunsch abschlagen werdet.«

»Verrate uns zuerst einmal, wie dieser Wunsch aussieht!« verlangte Harry.

Die Art, wie er sprach, ließ Nerissa vermuten, daß er trotz Delphines Beteuerung immer noch der Meinung war, sie wollte Geld von ihnen. Vielleicht fürchtete er, er müßte die Universität verlassen, denn eine andere Möglichkeit der Geldbeschaffung sah er wohl nicht.

Unwillkürlich, ohne sich dessen bewußt zu sein, streckte Nerissa eine Hand nach ihrem Bruder aus, als Delphine sagte:

»Es mag euch überraschen, aber ich werde den Duke von Lynchester heiraten.«

Nun war es an Harry, sich von seinem Stuhl hochzufahren.

»Lynchester?« rief er aus. »Unmöglich!«

»Das ist ja wenig schmeichelhaft für mich«, entgegnete Delphine. »Und ich habe mir eingebildet, ihr würdet stolz darauf sein, wenn ich die Gemahlin des Ersten Duke von Großbritannien und des wichtigsten Edelmannes im Königreich werden würde!«

»Wenn du die Wahrheit wissen willst«, sagte Harry. »Es wäre ein Wunder. Ein wahrhaftes Wunder! Wann soll denn die Hochzeit sein?«

Es folgte eine merkliche Pause, bevor Delphine erwiderte:

»Um ehrlich zu sein, er hat noch nicht um mich angehalten. Aber ich weiß, daß er es tun wird!«

»Dann darf ich dir einen Rat geben«, sagte Harry. »Zähle deine Hühner nicht, ehe du sie geschlachtet hast. Ich hab' über Lynchester eine Menge gehört – wer hat das nicht? Obwohl seine Pferde jedes Rennen gewinnen, ist es noch keiner Frau gelungen, ihm den Weg zum Traualtar zu zeigen.«

»Aber genau das werde ich tun!« schwor Delphine mit scharfer Stimme.

Da sie spürte, daß Harry starke Zweifel am Gelingen ihres Plans hatte, schaute sie ihn herausfordernd an. Die Augen der beiden verhakten sich sekundenlang trotzig ineinander.

Dann sagte Nerissa:

»Wenn der Duke dich glücklich macht, werden wir diesem Glück nicht im Weg stehen und dir alles Gute wünschen. Und was Papa betrifft, bin ich sicher, daß er sehr stolz sein wird, wenn du ihm deine Verlobung mitteilst.«

»Vor allem wird er sehr interessiert sein«, mischte sich Harry ein. »Lynchester besitzt das schönste elisabethanische Haus in England – und das ist genau die Periode, an der Papa im Augenblick arbeitet.«

»Wenn dem tatsächlich so ist, könnte das eine große Hilfe für mich sein«, sagte Delphine aufgeregt.

»Hilfe?« fragte Nerissa. »Wozu?«

Ihre Schwester schwieg.

Nach einer Weile sagte sie:

»Nun versucht zu verstehen, was ich euch jetzt sage. Der Duke von Lynchester weicht schon seit zwei Monaten nicht mehr von meiner Seite. Ich bin fast sicher, daß es nur noch eine Frage von Tagen ist, bis er um meine Hand anhält.«

Sie ließ einen Laut hören, der wie ein Triumphschrei klang. Dann fuhr sie fort:

»Stellt euch vor, was das heißt. Nach der Königsfamilie werde ich die wichtigste Person im Land sein. Ich werde die Herrin Dutzender von Häusern sein, unter denen das herrlichste und prächtigste Lyn in Kent ist! Ich werde Schmuck tragen, der jede Frau vor Neid erblassen läßt. Und ich werde in die Geschichte eingehen als die schönste aller Herzoginnen von Lynchester!«

Ihre Stimme war immer laut, immer triumphierender geworden. Nachdem sie geendet hatte, blickte sie sich beifallheischend im Zimmer um.

Nach einer Pause sagte Nerissa ruhig:

»Liebst du ihn sehr?«

»Ihn lieben?« fragte Delphine und schwieg.

Wieder folgte ein kurzes Schweigen, dann sagte sie:

»Er ist ein äußerst schwieriger Mann. Man weiß nie so recht, was er denkt. Außerdem verhält er sich sehr abweisend und zynisch Frauen gegenüber, die sich ihm zu Füßen werfen und glücklich sind, wenn er nur Notiz von ihnen nimmt.«

Sie lachte hektisch und fügte hinzu:

»Von mir hat er Notiz genommen. Er hat mich auserwählt aus der Masse der anderen und mich zum Gesprächsthema von London gemacht. Ja, er ist verrückt nach mir. Im Augenblick sind wir Gäste auf einer Hausparty, die der Marquis von Swire veranstaltet.«

Harry hob die Brauen.

»Dann weilst du also auf Schloß Swire?« rief er. »Das sind ja nur fünf Meilen von hier.«

»Genau«, antwortete Delphine. »Deshalb konnte ich ja herkommen. Ich benutze die Gelegenheit, während sich die Gentlemen auf einem Ausritt befinden.«

»Ich wette, sie haben einige wundervolle Tiere dabei«, murmelte Harry versonnen vor sich hin.

»Nun, der Duke hat den Wunsch, mein Elternhaus zu sehen, wie er mir sagte. Er machte mir den Vorschlag, daß wir, er und ich, morgen abend zum Dinner herkommen.«

Sie schwieg.

Die Folge ihrer Worte war absolute Stille, die sich im Zimmer ausbreitete.

Endlich hatte Delphine ihre Zuhörer in ihren Bann geschlagen.

Nerissa und Harry starrten die Schwester an wie

einen Geist. Sie waren so fassungslos und erstaunt, daß sie mit geweiteten Augen reglos verharrten.

»Zum Dinner herkommen?« fragte Nerissa schließlich stockend. »Mein Gott, wie kannst du das nur zulassen?«

»Der Duke stellt sich vor, daß wir um sieben hier sind«, erwiderte Delphine. »Ich habe ihm von Queen's Rest erzählt, dem Haus meiner Ahnen, wo Königin Elisabeth auf einer ihrer Reisen einmal für mehrere Tage Rast gemacht hat. Ich habe auch über Papas Beschäftigung mit der englischen Architektur gesprochen. Erstaunlicherweise wußte der Duke bereits, daß Papa Bücher über dieses Gebiet schreibt.«

»Aber was wollt ihr nur bei uns essen?« rief Nerissa verzweifelt. »Was soll ich euch denn vorsetzen?«

»Darauf wollt ich gerade zu sprechen kommen«, sagte Delphine. »Und das ist auch der Grund, weshalb ich hier bin.«

Sie ließ ihren Blick durch das Wohnzimmer schweifen, wie um sich noch einmal zu vergewissern. Dann sagte sie:

»Dieser Raum ist in Ordnung, wenn du zusätzlich noch ein paar Blumensträuße arrangierst und dafür sorgst, daß neue Kerzen in den Leuchtern sind. Das gleiche gilt für das Speisezimmer. Ich nehme an, daß es immer noch so ärmlich ist wie früher, aber jedenfalls sind die Bildnisse unserer Ahnen recht beeindruckend, und die Möbel passen genau zum Stil des Hauses.«

»Aber, Delphine . . .« begann Nerissa.

»Also, hör zu!« wurde sie von der Schwester unterbrochen. »Der Duke hat natürlich keine Ahnung von eurer Existenz, und ich sehe nicht den geringsten

Grund, ihn plötzlich mit einer Familie zu konfrontieren, die er nur als Last ansehen könnte.«

»Und wohin sollen wir deiner Meinung nach verschwinden?« fragte Harry scharf. »Und übrigens viel zu essen dürftest du auch nicht vorfinden – falls du eure Verpflegung nicht mitbringst.«

»Das habe ich mir alles schon überlegt«, antwortete Delphine langsam. »Natürlich wird Nerissa hier sein, aber der Duke wird sie nicht zu Gesicht bekommen.«

»Und wo werde ich mich aufhalten?« wollte Nerissa wissen.

»In der Küche«, erwiderte Delphine. »Da, wo Mama und du immer wart.«

»Soll das heißen, ich... ich soll euch das Essen kochen, ohne daß ich dem Mann vorgestellt werde, den du zu heiraten beabsichtigst?«

»So kann man es ausdrücken«, antwortete Delphine kühl.

»Und wer soll das Essen auftragen, wenn ich das Speisezimmer nicht betreten darf?« erkundigte sich Nerissa.

Sekunden vergingen, bis Delphines Augen zu Harry hinüberwanderten.

Worte konnte sie sich sparen.

»Ich will zur Hölle fahren, wenn ich mich dazu hergebe!« stieß Harry entrüstet hervor. »Du läßt uns hier sitzen, Delphine. Du antwortest nicht auf die Briefe, die Nerissa dir schreibt. Du kommst nicht zu Mutters Beerdigung. In Ordnung, wir wünschen dir, daß du deinen Duke kriegst, und wir wünschen dir, daß du glücklich mit ihm wirst. Aber wir helfen dir nicht dabei, ihn auf eine so hinterhältige und niederträchtige

Weise an Land zu ziehen. Nein, was du da vorhast, ist offengesagt nicht fair.«

Delphine fühlte sich anscheinend weder verwirrt noch beeindruckt von dem, was ihr Bruder von sich gab.

Sie sagte nur:

»Ich kann mir nicht vorstellen, daß du so dumm bist, mir nicht zu helfen, wenn du hörst, wie ich euch meine Dankbarkeit für eure Dienste zum Ausdruck bringen werde.«

»Was mich betrifft, und ich denke, ich spreche auch für Nerissa, so habe ich keinerlei Verlangen, dir noch länger zuzuhören«, erklärte Harry. »Und ich bin sicher, wenn Papa von deinen Plänen erfährt, wird er entsetzt sein. Wir mögen arm sein, Delphine, doch unser Blut ist genauso gut – wenn nicht noch besser – wie das, das in den Adern des Duke fließt. Und außerdem besitzen wir etwas, das vielleicht nicht zu seinen Charaktereigenschaften gehört und das man gemeinhin Stolz nennt.«

Zu Harrys Erstaunen brach Delphine in schallendes Lachen aus.

»Das war mal wieder eine typische Stanley-Rede«, sagte sie. »Man sollte ihr die Geschichten hinzufügen, die Papa und Mama uns zu erzählen pflegten, als wir noch Kinder waren. Mein Gott, wie tapfer die Stanleys waren! Wie sie König Karl II. unterstützten, während er im Exil lebte! Wie sie sich selber auf den Rücken klopften wegen ihrer edlen Herkunft, weil es ihnen nichts ausmachte, solche Habenichtse zu sein. Das alles mag ja sehr ehrenhaft und lobenswert sein, doch mir persönlich ist Geld lieber.«

»Wie du es uns ja überdeutlich zu verstehen gegeben hast«, erwiderte Harry sarkastisch.

»Ich hatte mir allerdings eingebildet, auch ihr würdet es zumindest nützlich finden«, sagte Delphine ungerührt.

»Jedenfalls, was ich euch vorschlagen wollte, bevor du mich so rüde unterbrochen hast, ist folgendes: Wenn ihr beide, Nerissa und du, tut, was ich von euch verlange, bin ich bereit, euch die Summe von dreihundert Pfund dafür zu zahlen.«

Sie machte eine Pause, und es schien so, als stockte sowohl Harry als auch Nerissa der Atem.

Dann flüsterte Nerissa fast unhörbar:

»Hast du – dreihundert Pfund gesagt?«

»Das ist genau die Summe, mit der Harry das Pferd kaufen könnte, das ihm schon so lange in die Nase sticht«, erwiderte Delphine. »Früher hat er mich mit seinem Gejammer ja regelrecht verrückt gemacht. Und du, meine liebe Schwester, könntest dir endlich mal ein vernünftiges Kleid kaufen, denn – wenn du mir die Bemerkung erlaubst – das, das du da anhast, ist so schäbig, daß nicht einmal eine Zigeunerin darin herumlaufen würde.«

Aus Delphines Worten sprach der blanke Hohn.

»Dreihundert Pfund!« wiederholte Harry, als ob er es nicht fassen könnte.

»Ihr könnt sie übrigens auf der Stelle haben«, sagte Delphine. »Bedingung ist natürlich, daß Papa nichts davon erfährt. Er ist ja immer noch der Meinung, Geld wäre unwichtig im Vergleich zu seinen alten Ziegelsteinen und verfallenen Gebäuden, die niemanden interessieren außer ihn selbst. Aber ihr beide seid noch jung und habt deshalb, wie ich hoffe, etwas mehr Verstand im Kopf als er.«

»Und du kannst es dir leisten, uns so viel Geld zu geben?« fragte Nerissa.

»Ja, ich kann«, erwiderte Delphine. »Ich setze nämlich fest darauf, daß mein Stanley-Hintergrund sich durchaus sehen lassen kann. Der Duke wird erkennen, daß er sich keineswegs etwas vergibt, wenn er mich bittet, seine Frau zu werden.«

»Aber – wenn er dich liebt ...« begann Nerissa, »ich meine, dann spielen deine Familie und deine Herkunft doch eigentlich keine so bedeutsame Rolle, oder?«

»Ich bin nur froh, daß keiner meiner Freundinnen hört, welchen Unsinn du da verzapfst«, sagte Delphine brüsk. »Du glaubst doch nicht, daß der Duke von Lynchester, der jede Frau im Königreich haben kann, eine Mesalliance eingeht, wenn er sich zu einer Heirat entschließt. Ich könnte seine Geliebte sein, dessen bin ich mir durchaus bewußt. Aber das will ich nicht. Ich will mehr. Ich will und werde seine Ehefrau sein.«

Sie sprach mit einer solchen Entschiedenheit und Bestimmtheit, daß Nerissa unwillkürlich an ihre Kinderzeit denken mußte. Delphine hatte schon damals einen unbeugsamen Trotzkopf gehabt. Sogar die Mutter war ihr oft nicht gewachsen gewesen, wenn Delphine es sich in den Kopf gesetzt hatte, ihren Willen durchzusetzen.

»Wenn du mich fragst«, sagte Harry, »so hielte ich es an deiner Stelle für eine Beleidigung, wenn der Duke oder sonst ein Mann dich besichtigt wie ein Pferd und sich danach entscheidet, ob du über genügend gute

Eigenschaften verfügst, die deinen Besitz für ihn interessant erscheinen lassen.«

»Das ist eine sehr vulgäre Betrachtungsweise, Harry, aber ein Körnchen Wahrheit enthält sie schon«, sagte Delphine. »Du kannst aber doch nicht so einfältig sein wie Nerissa und annehmen, daß man in der großen Gesellschaft nach Gesichtspunkten wie Liebe und Treue plant. Entscheidend sind für eine Heirat einzig und allein Tatsachen – wie berühmte Vorfahren und adlige Abstammung. Eine Mätresse ist schließlich etwas anderes als eine Gemahlin.«

Harry lachte.

»Eins muß ich dir lassen, Delphine, du nimmst kein Blatt vor den Mund.«

»Ich kämpfe um etwas, was mir alles bedeutet«, erwiderte Delphine. »Und ich möchte jetzt eine Antwort von euch. Ja oder nein? Helft ihr mir – oder helft ihr mir nicht?«

Nerissa wandte sich hilfesuchend zu ihrem Bruder um. Sie selbst wußte keine Lösung auf die Frage der Schwester.

Die dreihundert Pfund schienen ihr regelrecht vor den Augen zu tanzen. Immer wieder tauchte der Gedanke in ihr auf, was eine solche Summe für sie alle bedeuten würde – besonders für ihren Bruder.

Als sie zu ihm aufschaute, sah sie auf seinen Zügen den Widerstreit der Gefühle in seinem Innern.

Harry wurde hin- und hergerissen. Ein Kampf tobte in seiner Brust.

Er haßte jede Form von Betrug und Unwahrheit. Gleichzeitig jedoch stellte die unvorstellbare hohe Geldsumme eine fast unwiderstehliche Versuchung für ihn dar. Vor allem wenn er daran dachte, daß er sich damit ein Pferd kaufen konnte.

Außerdem würde er damit endlich seine Garderobe aufbessern können. Ihm fiel ein, daß er Nerissa vor seiner Rückkehr nach Oxford hatte bitten wollen, ihm das Geld für einen neuen Abendanzug zu geben. Der, den er im Augenblick noch trug, löste sich fast schon in seine Bestandteile auf. Einer seiner Kommilitonen hatte ihm gesagt, daß sie demnächst zum Dinner im Blenheim-Palast eingeladen würden.

Langsam und so, als wäre nicht er es, der die Worte sprach, sagte er:

»Und was ist, wenn wir uns weigern, dir zu helfen, Delphine? Was machst du dann?«

»Wenn ihr euch weigert und ich dadurch den Duke nicht bekomme, werde ich euch hassen und verfluchen bis ans Ende meines Lebens«, stieß Delphine heftig hervor. »Er hat mich gebeten, ihm mein elisabethanisches Elternhaus zu zeigen, das ich ihm in glühenden Farben geschildert habe. Und er möchte meinen gelehrten Vater kennenlernen, den er sehr zu schätzen scheint. Also, ehrlich, ich weiß nicht, was eigentlich falsch an der Sache sein soll?«

»Was daran falsch ist, weißt du sehr genau«, widersprach Harry bestimmt. »Du degradierst deine Schwester zur Köchin und mich zum Butler. Und dem Duke spielst du ein unwürdiges Theater vor. Aber vielleicht sollten wir das Ganze überhaupt als eine Art Scharade ansehen und zu Gott hoffen, daß der Duke keinen Verdacht schöpft, daß er das Opfer eines Täuschungsmanövers werden soll.«

Delphine stieß einen Schreckensschrei aus.

»Wenn er das tut, dann nur, weil ihr beide zwei unfähige Dummköpfe seid!« rief sie. »Wenn wir jedoch Erfolg haben sollten, werde ich bald die Ducheß von Lynchester sein.«

Als Nerissa die Augen ihrer Schwester sah, erkannte sie darin den Ausdruck absoluter Siegesgewißheit. Dennoch hatte sie selbst das eigenartige und unerklärliche Gefühl, daß Delphine nie die Krone einer Herzogin tragen würde.

2

»Delphine hat tatsächlich an alles gedacht«, sagte Nerissa, als sie an den Küchentisch trat.

»Sie denkt immer an alles, wenn es sie betrifft«, erwiderte Harry.

Seine Stimme klang jedoch nicht wirklich sarkastisch. Er war einfach zu aufgeregt dazu.

Schon seit längerer Zeit hatte er ein Pferd im Auge, das ihm ausgezeichnet gefiel. Gleichzeitig jedoch war er sich der Tatsache bewußt – und das hatte er Nerissa gegenüber bereits erklärt –, daß er sehr haushälterisch mit seinem Anteil von hundertfünfzig Pfund umgehen würde. Schließlich mußte er mit dem Geld eine ganze Zeit auskommen.

Es war Harry gewesen, der darauf bestanden hatte, daß Delphine ihnen das Geld gab, bevor sie wieder abfuhr.

»Vielleicht sollte ich mit der Bezahlung warten, bis ich weiß, daß ihr meine Anweisungen auch korrekt und sorgfältig befolgt«, hatte sie gesagt.

Harry lachte laut auf.

»Aber wir trauen dir nicht, Delphine. Und wenn du glaubst, uns übers Ohr hauen zu können, irrst du dich!«

Wutentbrannt starrte Delphine ihn an, und Harry setzte hinzu:

»Du schuldest mir noch ein Paar Reitstiefel, die du mir vor deiner Hochzeit mit Bramwell versprochen hast. Ich sollte dir bei deinem Hochzeitsempfang helfen, und du wolltest dich mit den Stiefeln revanchieren. Erinnerst du dich?«

Delphine wirkte leicht verlegen.

»Ich gebe zu, ich hab's vergessen«, sagte sie nach kurzem Zögern. Es sah so aus, als wollte sie Harry in diesem Moment auf keinen Fall verärgern.

»Well, das zeigt jedenfalls, was deine Versprechungen wert sind!« höhnte Harry. »Und deshalb ziehen Nerissa und ich eine Vorauszahlung vor.«

Nerissa gab einen leisen Laut der Mißbilligung von sich. Es war ihr unangenehm, Harry in dieser Weise mit der Schwester reden zu hören.

Doch Delphine schien das Mißtrauen ihres Bruders Spaß zu machen, denn sie lachte plötzlich und zog einen Umschlag aus ihrem Handbeutel.

Zu Nerissas Überraschung enthielt er die versprochene Summe in Scheinen. Rasch sagte sie.

»Wir müssen es gut aufheben und so bald wie möglich auf die Bank bringen.«

»Sehr vernünftig«, lobte Delphine. »Denn wenn es gestohlen oder verlegt wird, könnt ihr nicht damit rechnen, daß ich euch den Betrag noch einmal gebe.«

Harry nahm das Geld in Empfang.

»Danke, Delphine«, sagte er, »ich kann dir versichern, daß jeder Penny davon einer sehr guten Verwendung zugeführt werden wird.«

»Solange ihr beide euch strikt an meine Weisungen

haltet, tut mir das Geld nicht leid. Im übrigen ist es mir völlig gleichgültig, was ihr damit macht.« Delphines Stimme klang scharf. »Aber ich werde äußerst erbost sein, wenn ihr mir die Tour vermasselt und alles verderbt.«

Nerissa erschrak bei Delphines Worten. Sie wußte nun, wie entschlossen die Schwester war und was bei dem Dinner für sie auf dem Spiel stand.

Vom Besuch des Duke in Delphines Elternhaus, das für einen Liebhaber des elisabethanischen Baustils – wie der Duke einer war – eine große Anziehungskraft besaß, schien sie sich den Durchbruch zu versprechen.

Nerissa verstand die Absicht der Schwester sehr gut, aber für sie selbst war es nicht gerade angenehm, daran zu denken, daß weder Harry noch sie gut genug sein sollten, um dem zukünftigen Gatten ihrer Schwester vorgestellt zu werden.

Nach Delphines Abschied hatte Harry geäußert:

»Es ist eine üble Sache, in die wir uns da einlassen. Aber vergiß nicht, was wir mit dem Geld alles anfangen können.«

»Trotzdem wünschte ich, wir hätten nein gesagt«, erwiderte Nerissa leise.

»Mir geht's nicht viel anders«, stimmte Harry ihr zu. »Es hätte mir riesigen Spaß gemacht, Delphine zu erklären, daß wir uns von ihr nicht bestechen lassen. Aber was blieb uns schon anderes übrig? Schließlich ist sie immer noch unsere Schwester.«

In seiner Stimme lag ein Knirschen, und Nerissa wußte, wie sehr sein Stolz verletzt war.

Harry schluckte mehrmals, dann gab er seinen Worten einen unbekümmerten Klang und meinte:

»Für ein anständiges Pferd bringe ich gern jedes Opfer. Also verkleide ich mich als Hottentotte oder spiele den Pavian, wenn ich mir damit anschließend meinen Traum erfüllen und mir außerdem auch noch eine ordentliche Garderobe kaufen kann, damit ich mich unter den Menschen wieder einigermaßen sicher fühle. Mein Gott, wenn ich bedenke, wie voller Komplexe ich mit den alten Klamotten manchmal gewesen bin!«

Weil er sie an einen kleinen Jungen unter dem Weihnachtsbaum erinnerte, verschwieg Nerissa ihm ihre eigenen Gefühle. Im stillen jedoch wußte sie, daß Delphine nicht nur Harry und sie erniedrigte, sondern ihre ganze Familie.

Sobald sie erst eine Ducheß ist, werden wir sie nie mehr wieder zu Gesicht bekommen, dachte sie. Sie hatte Delphines Verhalten nach ihrer Heirat mit Lord Bramwell noch nicht vergessen.

Doch nun hatten sie in Delphines Plan eingewilligt. Und bis zum Abend gab es noch so viele Dinge vorzubereiten, daß für solche Überlegungen keine Zeit war.

Die Schwester hatte nicht übertrieben, als sie behauptete, alles mitgebracht zu haben, was für das Dinner benötigt wurde.

Als Nerissa die Fülle der Lebensmittel auf dem Küchentisch sah, traute sie ihren Augen nicht.

Da war eine ganze Lammkeule, die sie sich schon so lange für ihren Vater gewünscht hatte. Da lag ein Salm, der bestimmt erst vor wenigen Stunden aus dem kleinen Fluß gefangen worden war, der nur wenige Meilen entfernt am Haus des Marquis von Swire vorbeifloß.

Scheinbar hatte Delphine, clever wie sie nun einmal war, den Koch des Marquis dazu gebracht, ihr alles für die Zubereitung eines üppigen Mahls Notwendige einzupacken: frische Butter, einen großen Topf Rahm, Kräuter und junges Gemüse aus dem Garten.

Außerdem gab es Früchte aller Art, die aus den Gewächshäusern des Marquis stammen mußten, sämtliche Zutaten für Suppen, Vorspeise, Soßen und Nachtisch.

Ein wenig amüsiert dachte Nerissa daran, daß sich Delphine, als sie noch zu Hause gewesen war, nie für die Kochkünste ihrer Mutter interessiert hatte. Dennoch mußte sie sich die Zubereitung der Speisen offensichtlich gemerkt und im passenden Moment daran erinnert haben.

Während Harry sich vergnügt aufmachte, um sich in der Nachbarschaft nach einem geeigneten Reitpferd umzusehen, begann sie mit der Zubereitung des Essens.

Zwischendurch deckte sie den Tisch, erneuerte die Kerzen in allen Räumen und fand Zeit, im Garten einen Arm voll Blumen zu schneiden, die sie zu großen Sträußen ordnete und in Wohnraum, Speisezimmer und Halle verteilte.

»Wenn ich noch Zeit hätte«, flüsterte sie vor sich hin, »würde ich die Möbel polieren. Aber ich bezweifle, ob Seine Gnaden Notiz davon nähmen.«

Sie hatte Harry über den Duke von Lynchester ausgefragt und zu ihrer Überraschung allerlei über ihn erfahren.

»Man bewundert ihn nicht nur, weil er ein Duke und immens reich ist, sondern er ist auch einer der bedeutendsten Sportsmänner von ganz England. Meine

Kommilitonen geraten immer ins Schwärmen, wenn sie von ihm reden.«

Er glaubte, einen fragenden Ausdruck in Nerissas Gesicht zu erkennen, und fuhr fort:

»Tatsächlich besitzt er die prächtigsten Pferde, die man sich denken kann. Und gleichzeitig ist er ein ausgezeichneter Reiter, Faustkämpfer und Fechter.«

In Harrys Stimme klang große Bewunderung, und er war völlig verblüfft, als Nerissa hell auflachte.

»Ich kann's nicht glauben!« rief sie. »Da muß es doch irgendwo einen Haken geben.«

Harry grinste.

»Natürlich gibt es den«, erwiderte er. »Aber ich sollte ihn dir besser nicht verraten.«

»Zier dich nicht! Nun rede schon!« forderte sie ihn auf.

»Wenn du die Wahrheit wissen willst: Er ist ein Teufel, was den Umgang mit Frauen betrifft«, erwiderte Harry. »Wenn du mich fragst, bezweifle ich stark, daß er Delphine tatsächlich heiratet.«

»Aber sie ist ihrer Sache doch so sicher.«

»Das waren zahlreiche andere Frauen vor ihr auch.« Harry zögerte weiterzusprechen. Dann sagte er: »Die Schwester eines meiner Freunde, die ihren Mann bei Waterloo verlor, schwor, sich umzubringen, wenn der Duke sie nicht heiratete.«

»Sich umzubringen?« rief Nerissa besorgt.

»Offensichtlich ließ er sie in dem Glauben, daß er sie liebte. Aber dann wurde er ihrer überdrüssig und schenkte seine Gunst einer anderen.«

»Wie entsetzlich, wie grausam!«

»Ich sehe keinen Anlaß, ihn zu verteidigen, aber dieses Urteil halte ich für unfair. Wenn sich Frauen einem Mann regelrecht an den Hals werfen, sollten sie sich nicht beschweren, wenn er sich seinen Spaß mit ihnen macht und sie anschließend fallen läßt.«

Fragend schaute Nerissa den Bruder an.

»Und was schlägst du vor, wie sich Frauen verhalten sollen?«

»Sie sollen die Initiative dem Mann überlassen und warten, bis er sich um sie bemüht«, erwiderte Harry. »Der Mann ist der Jäger, nicht der Gejagte.«

Er sprach so, daß Nerissa ihm zuzwinkerte und fragte:

»Und das gilt auch für dich?«

»Natürlich«, antwortete Harry. »Ich muß allerdings gestehen, ohne einen Pfennig Geld fällt keine Frau mit etwas Verstand auf einen Mann wie mich herein – es sei denn, mein hübsches Gesicht hätte es ihr angetan.«

»Ich habe noch nie einen Menschen getroffen, der so eingebildet ist wie du!« rief Nerissa und warf ein Sofakissen nach ihm.

Harry schleuderte es zurück. Dann lachten beide fröhlich, und der Duke war vergessen.

Als Harry anderthalb Stunden vor dem Dinner mit einigen Kleidungsstücken über dem Arm die Treppe herunterkam, fragte Nerissa neugierig:

»Was hast du denn da?«

»Ich dachte mir, da Delphine uns zu Dienstboten degradieren will, sollte ich ihr den Wunsch auch erfüllen«, gab er zur Antwort. »Jedenfalls fiel mir ein, daß auf dem Speicher noch ein paar Livreen aus Großvaters Zeiten lagen. Ich fand darunter ein Jackett, das mir paßt. Außerdem stieß ich auf ein Paar weiße Kniehosen und eine gestreifte Weste mit wappengeschmückten Goldknöpfen.«

»Richtig, das hatte ich völlig vergessen!« rief Nerissa. »Wenn du in den Sachen wirklich Platz hast, wirst du einen ausgezeichneten Diener abgeben.«

»Meinen Abendanzug hab' ich in Oxford gelassen. Es lohnte sich nicht, ihn mit in die Ferien zu bringen. Aber da er schon ziemlich abgetragen ist, wäre Delphine sowieso nicht sonderlich begeistert gewesen, wenn der Butler der Familie in einem derart schäbigen Stück aufgekreuzt wäre.«

Nerissa betrachtete ihren Bruder vorwurfsvoll.

»Natürlich, sie wäre entsetzt, würde ihr Bruder in einem derart abgerissenen Anzug vor dem Duke auftauchen – wobei ich betonen möchte, daß du auch darin noch eher wie ein Gentleman denn wie ein Diener aussiehst.«

Harry lachte.

»Nun, diese Klippe haben wir ja umgangen. Unsere Schwester wird stolz auf uns sein!«

Erneut in schallendes Lachen ausbrechend, hielt er eine weiße Perücke hoch, die der Diener seines Großvaters getragen hatte.

Nachdem er die Goldknöpfe poliert hatte, stieg er nach oben, um sich umzukleiden, während Nerissa ihren Vater aufsuchte, um ihn noch einmal an die Ereignisse des Abends zu erinnern.

Er war höchst überrascht gewesen, als sie ihm von Delphines Besuch erzählte und ihm ankündigte, daß sie am folgenden Abend mit dem Duke von Lynchester vorbeikommen werde, da dieser den Wunsch geäußert habe, ihn kennenzulernen.

»Lynchester!« hatte ihr Vater ausgerufen. »Well, er kommt mir wie gerufen. Ich werde mich mit ihm über sein Haus unterhalten. Es stammt genau aus der Stilepoche, über die ich gerade schreibe. Soweit ich unterrichtet bin, gibt es kein Haus aus der elisabethanischen Zeit, das so gut erhalten ist wie Lyn.«

»Wir haben vor, das Dinner zu Ehren des Duke besonders feierlich zu gestalten, Papa. Wundere dich also nicht über die Speisen, die es gibt, oder darüber, daß jemand da sein wird, der bei Tisch serviert.«

»Serviert?« murmelte ihr Vater. »Und wer wird das sein?«

»Farmer Jacksons ältester Sohn George«, log Nerissa hastig. »Er ist sehr geschickt in diesen Dingen. Du brauchst dir also keine Sorge zu machen, daß etwas schiefgehen könnte.

Auf Farmer Jacksons Sohn war sie verfallen, weil er Harrys Statur hatte und weil sie hoffte, daß ihr Vater, der ständig unglaublich zerstreut war, keine Sekunde lang auf die Idee kommen würde, der Butler auf Zeit wäre sein eigener Sohn.

Als Harry kurze Zeit später in der alten Familienlivree und mit weißer Perücke die Küche betrat, kam er ihr im ersten Augenblick richtig lächerlich vor. Doch dann sagte sie sich, daß ein Diener in den großen Adelshäusern genau diese Kleidung trug.

»Wie ich schon sagte«, bemerkte Harry mit einem Grinsen, »Delphine wird stolz auf uns sein.«

Nerissa ließ ein vergnügtes Lachen hören, als Harry im breitesten Country-Dialekt fortfuhr:

»Schönen juten Tach, Euer Jnaden. Ich hoffe, Euer Jnaden werden den Abend mit uns Bauerntölpeln vom Land so richtich jenießen.«

»O Harry, bring mich nur ja nicht zum Lachen«, bat Nerissa ihn. »Und vergiß nicht, wenn du das nachher in Delphines Gegenwart tun solltest, kratzt sie dir die Augen aus – außerdem wird sie das Geld von uns zurückverlangen.«

Harry schmunzelte.

»Ich würde ihr ja so schrecklich gern ein Bein stellen«, gestand er. »Aber wie du so weise bemerkt hast, es lohnt sich nicht, all die vielen wunderschönen Guinees aufs Spiel zu setzen, von denen ich mir ein Pferd kaufen werde, mit dem ich unter Garantie das nächste Point-to-Print-Rennen gewinnen werde, das Wire auf seinem Anwesen veranstaltet.«

»Wenn du daran teilnehmen willst, mußt du dafür sorgen, daß er nicht weiß, wer du bist«, warnte ihn Nerissa. »Er könnte mit dem Duke über dich reden, und soweit es ihn betrifft, existieren wir beide, du und ich, ja überhaupt nicht.«

»Ich werde daran denken«, erwiderte Harry. »Aber offen gesagt verstehe ich nicht, warum Delphine vor dem Duke unbedingt verheimlichen will, daß sie einen Bruder und eine Schwester hat.«

Während er noch sprach, blickte er Nerissa an, und jemand, der ihn beobachtet hätte, würde bemerkt haben, daß plötzlich ein Ausdruck der Verblüffung in seine Augen trat.

Harry dämmerte etwas.

Die beiden Schwestern glichen sich sehr. Doch es fiel Harry zum erstenmal auf, daß Nerissa, die als Jüngste in der Familie immer nur das Kind gewesen war, zu einer hinreißend schönen jungen Frau erblüht war.

Er schwieg.

Doch im stillen sagte er sich, daß es nur recht und billig war, wenn Delphine für ihr Täuschungsmanöver bezahlte. Für ein Täuschungsmanöver, das für sie beide eine einzige Kränkung und dem Duke gegenüber voller Falschheit und Hinterlist war.

*

Genau zehn Minuten vor sieben fuhr die Kutsche des Duke vor dem Haupteingang vor. Harry hatte die Tür bereits geöffnet und einen alten roten Teppich über den Stufen ausgerollt.

Vor Bewunderung stockte ihm fast der Atem, als er die Pferde sah, die in diesem Augenblick schnaubend zum Stillstand kamen.

Mit Kennerblick erkannte er, daß jedes von ihnen weit mehr wert war als die Summe, die Delphine ihnen für ihre Dienste gegeben hatte.

Er vermochte den Wunsch nicht zu unterdrücken, wenigstens einmal in seinem Leben solche Rassepferde zu lenken oder besser noch zu reiten.

Doch er erinnerte sich dann an seine Aufgabe und nahm neben der Tür Aufstellung, während ein Diener in der prunkvollen Livree des Duke vom Bock stieg, um den Wagenschlag zu öffnen.

Als erster erschien der Duke. Ein Blick genügte Harry, um zu wissen, daß alles, was er von seinen Freunden über diesen Mann gehört hatte, der Wahrheit entsprach.

So möchte ich auch aussehen, dachte Harry unwillkürlich.

Und als seine Schwester, in raschelnde Seide gekleidet und von einer Wolke kostbaren Parfüms umhüllt, mit anmutig-geschmeidigen Bewegungen die Halle betrat, gelang es ihm, sich ehrerbietig zu verneigen.

Anschließend nahm er dienstbeflissen den Zylinder des Duke in Empfang und half ihm aus seinem Abendumhang.

Delphine wartete nicht ab, bis Harry sie angemeldet hatte. Eifrig wie ein junges Mädchen lief sie durch die Halle und durch die offenstehende Tür in den Wohnraum.

»Wir sind da, Papa!« rief sie, bemüht, ihrer Stimme einen spontanen Tonfall zu geben.

Nerissa hatte auf Delphines Anweisung hin ihren Vater bereits zum gegenüberliegenden Ende des Wohnraums geschickt, wo er die Gäste erwarten sollte.

So alt sein Abendanzug auch sein mochte, Marcus Stanley wirkte darin äußerst beeindruckend und ganz und gar wie ein Gentleman.

Delphine hauchte ihm einen Kuß auf die Wange und sagte:

»Es ist schön, dich wiederzusehen, Papa – und das bei so guter Gesundheit. Darf ich dir den Duke von Lynchester vorstellen. Er hat mich hierherbegleitet.«

»Ich freue mich, Sie zu sehen«, sagte Marcus Stanley und streckte dem Duke die Hand entgegen. »Schon den ganzen Nachmittag habe ich mich mit Lyn beschäftigt und mit demjenigen Ihrer Vorfahren, der als sein Erbauer gilt.«

Der ernste Gesichtsausdruck des Duke hellte sich auf. Er lächelte den Gastgeber an und sagte:

»Ich kenne das Buch, auf das Sie anspielen, Mister Stanley. Die Lektüre muß ein harter Brocken für Sie gewesen sein, vermute ich.«

»Im Gegenteil, ich fand sie äußerst spannend und interessant. Außerdem erhielt ich genau die richtigen Informationen für das Kapitel meines eigenen Buches, über dem ich gerade sitze. Die Begegnung mit Ihnen hätte also gar nicht vorteilhafter für mich sein können.«

»Bevor du mit deinem Lieblingsthema beginnst, Papa, möchte ich, daß du uns ein Glas Champagner eingießt«, unterbrach ihn Delphine. »Ich weiß ja, sobald du einmal bei der frühen englischen Architektur angekommen bist, wird es auf der Welt nichts anderes mehr für dich geben. Ich habe mich also schon darauf eingestellt, daß für den Rest des Abends keine Menschenseele mehr mit mir reden wird.«

Bei den letzten Worten blickte sie den Duke an, und er antwortete:

»Du weißt, daß das nicht stimmt. Trotzdem, zu deinem Trost gebe ich dir mein Wort, daß ich deine Gegenwart nicht vergessen werde, so interessant die Unterhaltung mit deinem Vater auch sein mag.«

»Ich hoffe, ich kann mit dem Glanz und der Pracht des elisabethanischen Englands wenigstens einigermaßen mithalten«, sagte Delphine. »Ich fürchte jedoch, daß ich heute abend nur die Rolle des Aschenputtels spielen werde.«

»Ich glaube, du bist nur auf Komplimente aus«, erwiderte der Duke, während seine Augen bewundernd auf ihr ruhten, was Delphine natürlich nicht entging.

An diesem Abend hatte sie viele Mühe auf ihr Äußeres verwandt. Dabei war sie sich darüber im klaren gewesen, daß sie nicht zu extravagant aussehen durfte und beim Duke unter allen Umständen den Eindruck vermeiden mußte, sie wollte sich zur Schau stellen.

So trug sie also ein Kleid in einem schlichten Grünblau, das die Farbe ihrer Augen betonte. Und obwohl es aus einem der teuersten Läden der Bond Street stammte, machte es einen einfachen Eindruck.

Um den Hals trug sie eine Kette aus Türkisen und Brillanten und Ohrschmuck und Armbänder aus den gleichen Steinen.

Sie waren bedeutend weniger aufwendig als die Juwelen, die der Duke bei früheren Gelegenheiten an ihr bewundert hatte.

Unauffällig blickte sie sich im Wohnraum um und stellte erleichtert fest, daß der Schein der Kerzen die Häßlichkeit der verblichenen Vorhänge und abgetretenen Teppiche kaum noch erkennen ließ.

»Es ist wundervoll, wieder einmal zu Hause zu sein«, sagte sie mit sanfter, mädchenhafter Stimme. »Und wenn einem ein Haus soviel bedeutet, wie dieses Haus mir bedeutet, dann ist es gleichgültig, ob es vor dreihundert Jahren oder am gestrigen Tag erbaut wurde. Was zählt, ist nur eins: daß es stets ein Ort der Liebe war.«

Der Duke erwiderte nichts auf ihre Worte, aber Delphine war sicher, daß ein weicher Ausdruck in seine harten Augen getreten war. Sein Blick streifte ihre Lippen in dem Wunsch, sie zu küssen.

In diesem Augenblick verkündete Harry mit leicht

verstellter Stimme, damit sein Vater keinen Verdacht schöpfte, das Dinner sei angerichtet.

Voller Genugtuung und mit sich und der Welt zufrieden, dachte Delphine, daß alle Dinge zum besten liefen.

Obwohl ihr Vater ein wenig umständlich von seinem Buch und seinen Forschungen über die elisabethanische Epoche der englischen Architektur sprach, hörte der Duke ihm aufmerksam und interessiert zu. Er genoß es sichtlich, von seinem Haus zu sprechen, von der Arbeit und Mühe, die es gekostet hatte, eines der herrlichsten Beispiele der Baukunst unter Königin Elisabeths Herrschaft zu errichten.

»Heute erscheint es uns ungewöhnlich«, sagte der Duke, während sie sich an der Tafel im Eßzimmer niederließen, »daß die Baumaterialien von so vielen Orten entlang der Küste herbeigeschafft wurden. Bauen muß in den damaligen Zeiten ein echtes Abenteuer und eine gewaltige Leistung gewesen sein.«

»Ich habe schon gehört, wie einmalig Lyn in dieser Beziehung ist«, antwortete Marcus Stanley.

»Ja, ich kann voller Stolz behaupten, daß es in ganz England kein Haus gibt, das sich mit ihm vergleichen ließe«, sagte der Duke mit einem Klang von Ergriffenheit in der Stimme. »Mein Vater sagte einmal, keine Frau könne ihn so faszinieren und bezaubern, wie Lyn es tut. Und immer, wenn ich mich dort aufhalte, bin ich versucht, ähnlich zu urteilen.«

Delphine gab einen entsetzten kleinen Schrei von sich. Der Ausdruck in ihren Augen sprach Bände.

»Denken Sie immer noch so?« fragte sie schmachtend.

»Soll ich jetzt sagen, daß es keine Regel ohne Ausnahme gibt?« erwiderte der Duke salomonisch.

Der Blick, den sie ihm schenkte, war dankbar und hingebungsvoll. Das Dinner war vortrefflich, und Harry, der den letzten Gang in der Küche holte, sagte:

»Bis jetzt hat Seine Gnaden jedem Gericht begeistert zugesprochen und nicht den kleinsten Bissen auf seinem Teller zurückgelassen. Was dich angeht, hast du deinen Teil des Kontraktes mit Bravour erfüllt.«

»Hat Papa noch nicht gemerkt, wer du bist?«

»Er hat mich noch keines Blickes gewürdigt. Er weilt Jahrhunderte zurück in der Vergangenheit und durchschreitet im Geiste die Hallen von Lyn. Und falls er mich irgendwann einmal wahrgenommen hat, wird er mich bestimmt für ein Burggespenst gehalten haben.«

Nerissa lachte. Sie reichte ihm die Platte mit den Savouries und sagte:

»Schnell, bring sie hinein, bevor sie kalt werden. Danach folgt noch der Kaffee.«

»Dem Himmel sei Dank!« seufzte Harry.

Nerissa goß den Kaffee in der silbernen Kaffeekanne auf, die sie im Laufe des Tages gründlich gespült hatte, und gab etwas von der Sahne, die Delphine mitgebracht hatte, in das hübsche silberne Milchkännchen, das zu der Kanne gehörte.

Als Harry schließlich aus dem Speisezimmer zurückkehrte, ließ er sich auf einen der Küchenstühle sinken und sagte:

»Gott sei Dank, es ist geschafft!«

»Du hast hoffentlich daran gedacht, die Karaffe mit dem Port vor Papa stehenzulassen?«

»Ich habe an alles gedacht«, sagte Harry, zog die Perücke aus und warf sie auf den Tisch. »Und wenn du nichts dagegen hast, werde ich jetzt auch dieses Jackett ablegen. Es ist mir viel zu eng unter den Armen und verursacht mir das Gefühl, in einer Zwangsjacke zu stecken.«

»Aussehen tust du jedenfalls bestens darin.« Nerissa lächelte. »Ich bin sicher, nicht einmal Delphine hatte auch nur das geringste an dir auszusetzen.«

»Das will ich hoffen«, antwortete Harry. »Delphine hat ihr Ziel erreicht. Der Duke ist beeindruckt. Das alte Haus und unser gelehrter Vater haben ihm imponiert. Ich nehme an, wir werden Delphine nun nicht eher wiedersehen, als bis auch der neue Ehemann das Zeitliche gesegnet hat und sie Jagd auf den nächsten macht.«

»Bitte, Harry, so solltest du nicht reden«, tadelte Nerissa den Bruder. »Der Duke ist ein junger Mann, und der arme alte Lord Bramwell war bereits ein Greis, als er Delphine heiratete.«

»Na schön«, erwiderte Harry. »Außerdem hat Delphine mit dem Duke ja auch das Ende der Fahnenstange erreicht. Höher geht's nicht mehr. Es sei denn, sie spekuliert auf einen königlichen Prinzen oder auf Seine Majestät höchstpersönlich.«

Die Art, wie ihr Bruder sprach, war so humorvoll, daß Nerissa unwillkürlich lachen mußte. Sie hob den Kopf und sagte lächelnd:

»Komm, jetzt werde ich dir dein Abendessen geben. Du hast es dir verdient. Es ist noch etwas von dem köstlichen Salm übriggeblieben. Mit dem werden wir beginnen. Als nächster Gang folgt Lammrücken. Das wollte ich dir immer schon einmal vorsetzen. Aber bisher konnte ich mir das nicht leisten.«

»Ich gebe dir mein Ehrenwort, daß ich beide Gerichte zu würdigen wissen werde!« versprach Harry in gespieltem Ernst.

Nerissa ging zum Herd, und während sie das tat, war draußen auf dem Gang plötzlich der Klang sich nähernder Männerstimmen zu vernehmen.

Sekundenlang glaubte sie, sich verhört zu haben. Doch dann gab es für sie keinen Zweifel mehr.

Sie hörte ihren Vater sprechen und fragte sich überrascht, was geschehen sein mochte.

Sie wußte, daß die beiden Gentlemen ihren Port allein tranken. Delphine war nach oben gegangen, um sich ein wenig frisch zu machen.

Jedenfalls hatte Delphine ihr das vorher ausdrücklich gesagt.

»Vergiß nicht, die Kerzen auf deiner Kammer anzuzünden«, waren ihre Worte gewesen. »Ich möchte mir in der Dunkelheit keine blauen Flecken holen.«

Doch wenn Delphine oben war, warum kam ihr Vater in die Küche? Was wollte er hier?

Die Stimmen kamen näher, und in dem Augenblick, da Nerissa schon glaubte, die beiden Männer würden an der Küche vorbeigehen, wurde die Tür geöffnet. Ihr Vater, gefolgt vom Duke, betrat den Raum.

Wie versteinert verharrten Nerissa und Harry und starrten auf ihren Vater, der den Duke in die Mitte der Küche führte und sagte:

»Sehen Sie sich das an, Euer Gnaden, das perfekte Beispiel einer elisabethanischen Zimmerdecke, an der noch nie auch nur die kleinste Reparatur durchgeführt wurde. Die ganzen Jahrhunderte nicht. Schauen Sie sich die Eichenbalken an! Die Zeit scheint an ihnen vorbeigegangen zu sein. Eine Meisterleistung, sage ich Ihnen.«

Erst als der Duke keine Antwort gab, bemerkte Marcus Stanley, daß seine jüngste Tochter ihn aus fassungslos geweiteten Augen anblickte. Und sein Sohn saß, aus einem ihm unbekannten und unerklärlichen Grund, in Hemdsärmeln am Küchentisch.

Wenn Nerissa und Harry überrascht waren, galt dies nicht weniger für den Duke.

Als sein Gastgeber den Wunsch äußerte, ihm die einzigartige, einmalige Architektur der Küchendecke zu zeigen, hatte er erwartet, die üblichen bejahrten Familiendienstboten vorzufinden.

Statt dessen sah er sich einem jungen Mädchen gegenüber, das ihm auf eine unbestimmte Weise bekannt vorkam.

Ihr Haar war goldblond. Es besaß die Farbe der Morgensonne, wenn sie über dem Horizont aufsteigt. Ihre Augen, die das ganze Gesicht zu beherrschen schienen, waren grün mit goldenen Sprenkeln darin, und die alabasterfarbene Haut schien vor den alten Wänden, von denen sie umgeben war, zu leuchten.

Es entging ihm ebenfalls nicht, daß sie nicht nur überrascht, sondern regelrecht verwirrt war. Sogar etwas wie Furcht glaubte er auf ihrem Gesicht zu bemerken.

Dann unterbrachen rasche Schritte im Gang das so jäh entstandene Schweigen. Einen Moment später trat Delphine in die Küche.

Ein Blick in Delphines Augen zeigte Nerissa, wie

wütend die Schwester war. Nach einer peinlichen Pause, in der niemand etwas sagte, gelang es Nerissa als erste, ihre Sprache wiederzufinden.

»Du wirst erstaunt sein, Delphine, Liebes, uns hier zu sehen«, sagte sie geistesgegenwärtig. »Aber Harry und ich kamen unerwartet zurück und stellten fest, daß die armen alten Cosnets so erkältet waren, daß wir glaubten, sie ins Bett schicken zu sollen. Und weil wir nicht wollten, daß deine Dinnerparty ins Wasser fiel – haben wir die beiden vertreten.«

Die Worte kamen ein wenig stockend über Nerissas Lippen.

Noch während sie sprach, sah sie jedoch, daß der Ausdruck der Verärgerung aus dem Gesicht der Schwester zu weichen begann.

Wieder entstand Schweigen.

Delphine versuchte, das Gesagte in sich aufzunehmen und darauf zu reagieren.

Dann sagte sie:

»Ja, das ist wirklich eine Überraschung. Du sagtest mir doch, daß ihr, du und Harry, heute noch unterwegs sein würdet.«

»Ich weiß«, erwiderte Nerissa. »Aber die Kinder unserer Freunde bekamen plötzlich die Masern, und weil wir im Weg waren, kamen wir schon heute zurück.«

Mit offenem Mund hatte Harry dem, was Nerissa da erklärte, zugehört.

Beinahe hätte er der Schwester Beifall geklatscht, denn er war sich bewußt, daß ihr Verstand schneller arbeitete als der seine.

Er erhob sich verspätet, als der Duke sagte:

»Im Augenblick sehe ich nicht richtig durch. Ich würde der jungen Lady gerne vorgestellt werden, wenn sie wirklich verantwortlich ist für das ausgezeichnete Mahl, das ich soeben zu mir genommen habe.«

Als begriffe Marcus Stanley erst jetzt, was vorging, sagte er:

»Ja, ja, natürlich. Das ist meine jüngste Tochter Nerissa, Euer Gnaden. Und dies ist mein Sohn Harry, der in Oxford studiert und die Semesterferien zu Hause verbringt.«

Nerissa knickste. Der Duke streckte ihr die Hand entgegen und sagte:

»Ich muß Ihnen wirklich gratulieren. Es ist meine ehrliche Überzeugung, wenn ich Ihnen sage, daß ich nie besser zu Abend gespeist habe.«

Nerissa lächelte.

Gleichzeitig wurde ihr bewußt, wie fest der Druck seiner Hand war, mit der er die ihre umschloß. Und als sie ihm in die Augen schaute, hatte sie nicht den Eindruck, daß er sich hinters Licht geführt vorkam, obwohl dies doch eigentlich hätte der Fall sein müssen.

Bevor sie etwas auf seine Worte erwidern konnte, hatte der Duke sich zu Harry umgewandt und schüttelte ihm die Hand.

»Ich bin sicher, es gefällt Ihnen in Oxford«, sagte er. »Auf welchem College sind Sie?«

»Magdalen, Euer Gnaden.«

»Da war ich auch!« Der Duke schmunzelte. »Ich nehme an, es dürfte sich seit damals kaum etwas geändert haben.«

»Das ganze College ist sehr stolz auf Sie, Euer Gnaden.«

»Das hoffe ich«, antwortete der Duke.

Nerissa dachte, daß er äußerst überrascht gewesen wäre, würde die Antwort anders gelautet haben. Jedenfalls glaubte sie dies an der Art, wie er sprach, erkennen zu können.

Delphine machte noch einige Schritte in die Küche hinein. Und als hätte sie eingesehen, daß sie in dem Spiel, das vor ihren Augen stattfand, schleunigst ihren Part übernehmen sollte, sagte sie:

»Ich glaube, ich sollte dir dafür danken, daß du gewissermaßen den Karren aus dem Dreck gezogen hast, Nerissa. Ich wäre ganz verzweifelt gewesen, wenn der Duke und ich ohne Abendessen wieder hätten zurückfahren müssen.«

»Tatsächlich bin ich rundherum satt und zufrieden«, bemerkte der Duke.

»Und nun, glaube ich, sollten wir gehen«, sagte Delphine.

Bei diesen Worten wußte Nerissa, wie sehr die Schwester den Wunsch hatte, fortzukommen und den Schaden wiedergutzumachen, der durch diesen unvorhergesehenen Zwischenfall entstanden war.

»Ich hätte es wissen müssen!« dachte Nerissa. »Jedem, der sich für elisabethanische Architektur interessiert, zeigt er die Holzdecke in der Küche. Immer schon hat er gesagt, daß es sich dabei um das am besten erhaltene Stück im ganzen Haus handelt.«

»Bevor ich Sie verlasse, Mister Stanley«, sagte der Duke, »muß ich noch einmal einen Blick auf das werfen, was Sie mir zeigen wollten. Ich stimme Ihnen zu: Keine Zeit hat jemals wieder eine so solide und ausgezeichnete handwerkliche Qualität hervorgebracht wie die elisabethanische Periode vor dreihundert Jahren.«

»Ich habe mir gedacht, daß es Sie interessieren würde«, erwiderte Marcus Stanley mit Genugtuung.

Hinter seinem Rücken warf Delphine der Schwester einen bedeutungsvollen Blick zu.

Nerissa begriff. Delphines Verärgerung galt nicht nur dem aus dem Ruder gelaufenen Abend, sondern auch ihrem Äußeren.

Sie nahm hastig die Schürze ab, die sie während des Kochens getragen hatte, wobei ihr der Gedanke kam, daß das Kleid, das sie darunter trug, auch nicht viel schicker war.

Auch Harry fühlte sich veranlaßt, sein Äußeres zu korrigieren. Er war sich zwar bewußt, daß die Dinge total schiefgelaufen waren, doch er griff nach der Livreejacke und zwängte sich erneut hinein.

Der Duke beendete nun die gründliche Betrachtung der Balkendecke. Er hätte schon sehr begriffsstutzig sein müssen, wenn ihm nicht aufgefallen wäre, daß zumindest drei der Anwesenden darauf warteten, daß er so schnell wie möglich an Aufbruch dachte.

»Es war ein einmaliger Abend«, sagte er. »Und es wäre sehr unhöflich von mir, Mister Stanley, wenn ich mich für Ihre angenehme und lehrreiche Gastfreundschaft nicht revanchieren würde.«

Er machte eine Pause, die seinen Worten eine noch größere Wirkung gab.

Dann fuhr er fort:

»Ich möchte Sie daher bitten, daß Sie, Ihre beiden Töchter und Ihr Sohn mir die Ehre geben, mich am kommenden Freitag auf Lyn zu besuchen. Am Samstag findet im Park eine Pferdeschau statt. Wenn Sie es einrichten könnten, bis Dienstag zu bleiben, würden uns zwei Tage zur Verfügung stehen, in denen ich Ihnen mein elisabethanisches Prachtstück zeigen könnte, so wie Sie mir das Ihre gezeigt haben.«

Nerissa hielt unwillkürlich den Atem an, als ihr Vater nicht antwortete.

Nach einer Weile jedoch sagte Marcus Stanley lächelnd:

»Es wäre mir nicht nur eine große Freude, Euer Gnaden, sondern für mich als Autor auch ein unschätzbarer Gewinn, jenes Bauwerk mit eigenen Augen sehen zu können, das ich bisher nur aus Büchern und von Bildern kenne.«

»Dann wäre das also abgemacht«, meinte der Duke. »Ich werde Ihnen eine Kutsche schicken. Eine Kutsche für drei Personen. Sie wird am frühen Freitagmorgen hier sein. Sagen wir gegen neun? Ich werde ein Luncheon arrangieren, das Sie unterwegs einnehmen. Mit Ihrem Eintreffen auf Lyn rechne ich etwa gegen fünf zur Teezeit, falls meine Pferde entsprechend in Form sind, woran ich eigentlich nicht zweifle. Ihre ältere Tochter werde ich von London mitbringen.«

Bei diesen Worten schaute der Duke auf Delphine nieder.

Sie zwang sich zu einem Lächeln und sagte:

»Ich komme sehr gerne mit dir nach Lyn, doch ich fürchte, für Nerissa und Harry wird es unmöglich sein, deine Einladung anzunehmen. Sie sind zwei vielbeschäftigte junge Leute.«

»Ich hoffe, sie sind imstande, ihre zahlreichen Verabredungen zu verschieben«, entgegnete der Duke höflich. Nerissa hatte den Eindruck, daß er kein Wort von dem glaubte, was Delphine gesagt hatte.

Unbehaglich schaute sie zu Delphine hinüber, die keineswegs den Eindruck machte, als wollte sie sich schon geschlagen geben.

Doch Harry machte der älteren Schwester einen Strich durch die Rechnung.

»Ich kann mir nichts Aufregenderes vorstellen als eine Pferdeschau, Euer Gnaden«, sagte er. »Und ich muß sagen, ich kann den Samstag kaum noch erwarten, denn ich habe von den Pferdeschauen, die auf Lyn stattfinden, schon viel gehört. Einer meiner Freunde war im vergangenen Jahr dabei, und er behauptet, man sähe dort die prächtigsten Pferde von ganz England.«

»Dieser Meinung ist man mancherorts«, antwortete der Duke. »Ich nehme an, Sie werden auch gern einen Blick in meine Ställe werfen. Auf gar keinen Fall aber sollten Sie vergessen, Ihre Reitkleidung einzupacken.«

»Ganz bestimmt nicht!« versprach Harry.

Seine Stimme klang so aufgeregt, daß auch der uninteressierteste Zuhörer gewußt hätte, daß Harry soeben die Eintrittskarte zum Paradies erhalten hatte.

»Gut, dann wären wir uns ja einig«, erklärte der Duke. »Und da ich nicht gewillt bin, auch nur eine einzige Absage von Ihnen zu akzeptieren, bitte ich Sie, meinen Wagen am Freitagmorgen nicht warten zu lassen. Ich selbst freue mich jetzt schon darauf, wenn ich Sie dann am Ende Ihrer Reise auf Lyn begrüßen darf.«

Er verließ die Küche, und Delphine blieb nichts anderes übrig, als ihm und ihrem Vater nach draußen zu folgen.

Dennoch verhielt sie an der Tür noch einmal ihren

Schritt. Sie wandte sich zu Nerissa und Harry um und sagte, das schöne Gesicht wutverzerrt:

»Warum konntet ihr den alten Narren nicht daran hindern, den Duke hierher in die Küche zu schleifen?!«

Sie stieß diese Worte beinahe haßerfüllt hervor.

Nerissa hob hilflos die Schultern, und Delphine rauschte wie eine Furie aus der Küche.

»Puh!« rief Harry.

Doch bevor er sich weiter auslassen konnte, sagte Nerissa drängend:

»Rasch! Du mußt sie verabschieden. Und beunruhige Papa nicht, indem du ihm das Gefühl gibst, er hätte den Abend verdorben. Ich weiß, wie glücklich er über die Einladung nach Lyn ist.«

Harry antwortete nicht. Er stürzte aus der Küche und eilte hinunter in die Halle.

Erst als seine Schritte verklungen waren, stellte Nerissa fest, daß sie zitterte.

Es war ein solcher Schock gewesen, als der Duke hinter ihrem Vater die Küche betreten hatte.

Und als dann auch noch Delphine erschien und alle spüren ließ, wie erzürnt sie war, hatte Nerissa einen Moment lang befürchtet, ihr bliebe das Herz stehen.

Sie war allerdings nicht der Meinung, daß sie oder Harry an dieser Panne irgendeine Schuld trugen. Es wäre ihr nie in den Sinn gekommen, daß ihr Vater dem Duke die Küchendecke zeigen könnte.

Natürlich war er stolz auf sie, denn sie schien tatsächlich einmalig zu sein.

Doch wer hätte schon damit gerechnet, daß sich der Eigentümer von Lyn für die Küche irgendeines obskuren Herrenhauses interessieren würde, von dem er vor seiner Bekanntschaft mit Delphine nie ein Wort gehört hatte.

Sie konnte nur hoffen, daß es ihr gelungen war, die Umstände wenigstens ein wenig zu vertuschen, indem sie vorgegeben hatte, sie und Harry wären für ein altes Dienerpaar eingesprungen, das in Wirklichkeit gar nicht existierte.

Als Harry wenige Minuten später zurückkam, sagte er, während er sich wieder am Küchentisch niederließ, wo sein Salm auf ihn wartete:

»Du warst ja ungewöhnlich geistesgegenwärtig vorhin, Nerissa! Ehrlich, du hast die Situation gerettet. Ich hoffe es wenigstens. Ich hatte nämlich den Eindruck, der Duke blickte noch etwas zynischer drein als gewöhnlich.«

»Denkst du nicht, er . . . er hat mir geglaubt?«

»Es sollte mich wundern.«

»Weshalb sagst du das?«

»Weil er als überaus intelligent gilt. Wenn er Delphines List nicht durchschaut, ist er ein Dummkopf und kann mir nur leid tun.«

Eine Pause entstand, bevor Nerissa fragte:

»Waren sie . . .« Sie stockte und formulierte ihre Frage neu: »Was hattest du während des Dinners für einen Eindruck von ihnen?«

»Sie benahm sich wie ein verliebtes Schulmädchen. Daß sie ihm nicht die Stiefel küßte, war alles. Wenn das die Art und Weise ist, wie sich die Frauen Lynchester gegenüber verhalten, dann wundere ich mich nicht, daß er es vorzieht, Junggeselle zu bleiben.«

»O Harry, sag das nicht! Vielleicht wurde er vom Pech verfolgt und geriet bisher immer nur an die falsche. Aber wenn er Delphine nun keinen Heiratsantrag macht, gibt sie uns die Schuld und wird uns ihre Niederlage nie verzeihen.«

»Ich sehe nicht, was das ausmachen sollte«, sagte Harry. »Wir haben sie jahrelang nicht gesehen, und wenn sie Lynchester heiratet, würde es mich schon sehr überraschen, wenn wir sie danach jemals wieder zu Gesicht bekämen.«

Er nahm ein Stück Salm, bevor er sagte:

»Deshalb will ich auf die Pferdeschau und die Pferde des Duke reiten. Jetzt bietet sich mir die Gelegenheit. Wenn Delphine einmal mit ihm verheiratet ist – denk an meine Worte! – wird sie alle möglichen Vorwände finden, uns nicht zu sehen. Sie wird behaupten, wir seien tot, krank oder verreist, wenn sie damit nur unseren Besuch verhindern kann.«

»Aber warum, Harry, warum ist sie so?« fragte Nerissa. »Wir waren alle so glücklich miteinander, als wir Kinder waren und Mama noch lebte.«

»Diese Frage kann ich ganz einfach beantworten«, erwiderte Harry.

»So?« fragte Nerissa erstaunt. »Und was hältst du für den Grund?«

»Schau in den Spiegel, altes Mädchen!«

Nerissa lachte.

»Jetzt redest du Unsinn! Oder willst du ernsthaft behaupten, Delphine wäre eifersüchtig auf mich?«

»Warum nicht? Du bist eine Schönheit, genau wie Mama. Und jetzt, wo ich euch nebeneinander gesehen habe . . . Also wenn du mich fragst: Delphine ist nur die deutlich ältere und stark übermalte Ausgabe von dir.«

»Harry, wie kannst du so etwas sagen!« rief Nerissa.

Und da sie plötzlich ein Gefühl der Besorgnis um Delphine empfand, hoffte sie, es wäre nicht wahr, was Harry gesagt hatte.

3

Während sie mit dem Duke von Queen's Rest nach Schloß Swire zurückfuhr, war Delphine voller Zorn auf ihren Vater, der ihren nach ihrer Meinung perfekten Plan in wenigen Sekunden zunichte gemacht hatte.

Nie wäre es ihr in den Sinn gekommen, daß ihr Vater, nachdem sie ihn und den Duke im Speisezimmer zurückgelassen hatte, um sich ein wenig frisch zu machen, seinen Gast in die Küche führen könnte.

Weil sie sich nie für Architektur interessiert hatte – auch nicht für die des Elternhauses –, hatte sie ihrem Vater nie zugehört, wenn er zu ihnen oder zu Gästen über Queen's Rest sprach.

Jetzt allerdings erinnerte sie sich daran, daß er eigentlich mit jedem, der auch nur das geringste Interesse an seinen Ausführungen bekundet hatte, in die Küche gewandert war, um ihm die Balkendecke zu zeigen.

Delphine hätte einen Mord begehen können, so wütend war sie. Dennoch behielt sie die Nerven. Sie durfte jetzt auf keinen Fall noch einen weiteren Fehler machen.

Vor allem durfte sie dem Duke nicht zeigen, wie aufgebracht sie war. Damit hätte sie alles auf einen Schlag und für immer verderben können.

Eine entsetzliche Vorstellung! Sie dachte daran, wie lange sie gebraucht hatte, um so weit zu kommen, wie sie jetzt war.

Als Delphine zum erstenmal bemerkte, daß der Duke ein Auge auf sie geworfen hatte, wußte sie mit einer Entschlossenheit, die starke Männer hätte erzittern lassen, daß sie alles tun würde, um seine Frau zu werden.

Sie hatte schon viel über ihn gehört, bevor sie ihn zum ersten Mal sah. Doch gleich bei der ersten Begegnung war ihr klar gewesen, warum alle Frauen ihn so unwiderstehlich fanden und bei seinem bloßen Anblick schon dahinschmolzen.

Es war nicht nur sein Titel oder seine außergewöhnliche Stellung in der englischen Gesellschaft. Nein, es war seine Persönlichkeit, die sie faszinierte, und natürlich auch die Tatsache, daß er der attraktivste und bestaussehende Mann war, der ihr je begegnet war.

Die Geschichten von seinen Amouren waren Legion.

Fast jede Frau, der sie begegnet war, hatte etwas mit ihm gehabt. Manche waren auch noch nach Abbruch der Beziehung gut auf ihn zu sprechen. Doch die meisten Affären hatten in einer Katastrophe geendet. Zurückgeblieben waren Tränen, Selbstmordversuche und gebrochene Herzen.

Obwohl Delphine bereits in jungen Jahren Witwe wurde, war sie in der Zeit ihrer Ehe mit Lord Bramwell, was ihre Erfahrungen anging, ein gutes Stück älter geworden.

Sie war nicht unglücklich gewesen. Die Tatsache, daß Lord Bramwell reich genug war, um ihr jeden Wunsch zu erfüllen, hatte nach dem Leben in Armut und Bedeutungslosigkeit etwas Faszinierendes für sie gehabt.

Daß ihr Ehemann so viel älter gewesen war als sie, hatte sie wenig bekümmert.

Daß er sie langweilte, nahm sie in Kauf. Doch da er ganz verrückt nach ihr war, fand sie rasch einen Weg, das Beste aus seinen Gefühlen zu machen. Schon bald begriff sie, wie sich jeder Kuß, den sie ihm gab, in Gold und Geschmeide auszahlte.

Lord Bramwell starb. Er ließ sie im Grunde als reiche Frau zurück, und Delphine sagte sich, daß nun die Gelegenheit gekommen sei, auf der gesellschaftlichen Leiter bis zu den höchsten Sprossen emporzusteigen.

Dann begegnete sie dem Duke von Lynchester, und von diesem Augenblick an wußte sie genau, welches Ziel sie anzustreben hatte.

Delphine war klug genug, zu erkennen, daß sie, um den Duke zu erobern, einen anderen Weg gehen mußte, als die vielen Frauen vor ihr, die bei der Verfolgung des gleichen Zieles so kläglich gescheitert waren.

Und dieser andere Weg bestand ganz einfach darin, daß sie sich gleich am Anfang ihrer Beziehung entschieden weigerte, mit ihm ins Bett zu steigen.

Alle anderen Frauen, so erfuhr sie bald von ihm, machten an diesem Punkt den entscheidenden Fehler. Sie fanden ihn so unwiderstehlich, daß sie sich ihm gleich beim ersten Rendezvous gefügig zeigten und sich ihm bereitwillig hingaben.

Möglich wurde dies, da die meisten dieser Frauen entweder Witwen waren, wie Delphine selbst, oder – wie es der Mode entsprach – äußerst großzügige Ehemänner besaßen.

Gelegentlich jedoch hatte ein betrogener Ehemann den Duke auch zum Duell herausgefordert, war jedoch unweigerlich und ungerechterweise als Verlierer auf der Strecke geblieben.

Eine solche Situation erweckte immer wieder das Vergnügen der Freunde des Unterlegenen. Wenn er mit dem Arm in der Schlinge bei ihnen auftauchte, empfingen sie ihn mit Hohngelächter, während der Duke – obgleich offensichtlich der Schurke im Spiel – ungestraft davonkam.

»Weshalb stößt du mich zurück, Delphine?« hatte der Duke gefragt, als er zu seiner Überraschung feststellte, daß Delphine hart und unerbittlich blieb.

»Ich wurde sehr streng erzogen«, erklärte sie dann mit lieblicher, mädchenhafter Stimme. »Meine Mutter lehrte mich Ideale, die ich nicht aufgeben will.«

»Wie kannst du deine Ideale aufgeben, wenn du mich liebst?« fragte der Duke. »Du bist schließlich Witwe und kannst niemandem untreu werden. Außerdem hast du mir doch erzählt, daß deine Mutter tot ist.«

»Ja, sie ist tot«, sagte Delphine mit tragisch umwölktem Gesicht, das in jedem Mann den Wunsch geweckt hätte, sie zu trösten. »Sie fehlt mir sehr!«

»Und dein Vater?«

Endlich die Frage, auf die sie von Anfang an gewartet hatte!

Der Duke war sich seiner Bedeutung und Stellung

bewußt, und Delphine war sich im klaren, daß er nie eine Frau heiraten würde, die gesellschaftlich unter ihm stand oder deren Blut nicht zu seinem paßte.

Daß er nicht schon als junger Mann zu einer standesgemäßen Hochzeit gezwungen worden war, verdankte er allein der Tatsache, daß er den Titel schon sehr früh erbte.

Inzwischen war er vierunddreißig.

Delphine glaubte Grund zu der Annahme zu haben, daß er langsam an einen Erben dachte und nach einer Frau Ausschau hielt, mit der er sein künftiges Leben teilen konnte.

Sie wußte, daß er den Wunsch hatte, seine Frau zu achten. Und was er keiner der Frauen in der Vergangenheit entgegengebracht hatte, waren Respekt und Achtung.

»Das ist alles, was ich ihm abverlangen muß!« dachte sie.

Sie tat alles, um ihn zu betören, zu reizen und – wie sie hoffte – zu ihrem Sklaven zu machen.

Gleichzeitig jedoch verschloß sie ihr Schlafzimmer vor ihm. Sie widerstand all seinen Bitten, in denen er ihr wortreich versicherte, wie glücklich sie in seinen Armen sein würde.

»Ich weiß«, sagte sie, »und du machst mich schon jetzt sehr glücklich.« Dann fügte sie seufzend hinzu: »Ich will ehrlich zu dir sein, Talbot, ich liebe dich.«

»Aber nicht so sehr, daß du bereit bist, mich glücklich zu machen«, erwiderte der Duke vorwurfsvoll.

Nur mit äußerster Anstrengung hielt Delphine die Bemerkung zurück, daß er ihr nur einen schlichten goldenen Ehering zu schenken brauche, damit sie allem zustimme, was er von ihr verlange. Statt dessen wandte sie sich um und lief davon. Allerdings nicht so schnell, daß er sie nicht mit Leichtigkeit wieder einfangen konnte.

Sie hatte fast alle Arten der Verführung angewandt, die sie kannte, um sich ihm im letzten Moment doch noch zu entziehen.

Als er dann eines Tages nach ihrem Vater fragte, hielt sie ihre Stunde für gekommen.

Jetzt würde sie ihn ein für allemal so beeindrucken, daß es keinen Zweifel mehr für ihn geben konnte, in ihr die Frau gefunden zu haben, die eine würdige Duchеß von Lynchester abgeben würde.

Natürlich kannte er die Stanleys. Schließlich war ihr Name in jedem englischen Geschichtsbuch zu lesen.

Seit Angincourt gab es keine Schlacht, in der sie keine Rolle gespielt hätten, noch vermochte jemand ein bedeutendes Seegefecht zu nennen, in dem sie sich nicht hervorgetan und ausgezeichnet hatten.

Im Stammbaum der Stanleys fanden sich viele führende Politiker und Staatsmänner. Und es war nur eine Frage der Zeit, bis Delphine erkannte, daß – wenn Lyn ein vollkommenes Beispiel elisabethanischer Baukunst war – dies im gleichen Maße von Queen's Rest galt.

Delphine hatte ihr Elternhaus eigentlich immer aus tiefster Seele verachtet. Es war ihr einfach nicht groß genug, nicht zu vergleichen mit den Herrenhäusern und Schlössern, die sie in der Zeit ihrer Ehe kennengelernt hatte.

In Queen's Rest gab es keine Lakaien, keine kostbaren Pferde, keine rauschenden Feste.

»Wie konnte ich diese Armut nur so lange ertragen?« pflegte sie des öfteren zu sagen, nachdem sie mit Lord Bramwell verheiratet war. Und sie schwor sich, nie wieder nach Hause zurückzukehren.

Während sie nun also die Tugenden und Taten ihrer Vorfahren rühmte, glaubte sie, einen leicht ungläubigen Ausdruck in den Augen des Duke zu erkennen. So als wüßte er, daß sie übertrieb und ihrer Familie eine Bedeutung zumaß, die ihr in Wirklichkeit nicht zukam.

Gleichzeitig hatte sie das Gefühl, daß er niemals einer Frau einen Antrag machen würde, deren familiären Hintergrund er nicht kannte.

Verzweifelt zermarterte sie sich den Kopf: Wie konnte sie erreichen, daß der Duke ihren Vater und Queen's Rest kennenlernte? Doch dann erhielten sie beide plötzlich eine Einladung des Marquis von Swire, der, wie sich Delphine erinnerte, nur wenige Meilen von ihrem Elternhaus entfernt wohnte.

Wutentbrannt dachte sie daran, daß der Marquis und die Marchioneß Harry und sie nicht ein einziges Mal mit eingeschlossen hatten, wenn sie Mr. und Mrs. Stanley zu einer Gartenparty einluden.

Die Gartenparty war das einzige Zugeständnis, das der Marquis und seine Frau an die Nachbarn machte, und die einzige Gelegenheit, bei der sie die »Außenseiter« empfingen.

»Nun gehöre ich dazu«, sagte sich Delphine voller Genugtuung. Sie begann einen Plan auszuhecken, wie sie den Duke mit ihrem Vater bekannt machen konnte, ohne daß er mit Harry und Nerissa zusammentraf.

Schon vor langer Zeit hatte sie entschieden, daß die

beiden keine Rolle in ihrem Leben spielten und man sie deshalb am besten einfach vergaß.

Harry mochte noch hingehen, weil er ein Mann war. Doch der Gedanke, eine Schwester zu haben – und dazu noch eine, die immer mehr ihrer Mutter glich, die eine große Schönheit gewesen war, ließ Delphine erzittern.

Allen ihren Freunden in London hatte sie erzählt, sie sei ein Einzelkind.

»Ich war so ein einsames kleines Mädchen«, erklärte sie den Männern, die mit ihr über ihre Kindheit sprechen wollten.

»Einsam, das wirst du nie wieder sein, Liebling«, lautete die immer wiederkehrende Antwort, die dann durch einen leidenschaftlichen Kuß besiegelt wurde.

Nach dem Tod ihres Gemahls hatte Delphine mehrere Liebhaber gehabt. Einen sogar kurz vor Lord Bramwells Tod.

Sie war allerdings sehr diskret, und die meisten ihrer Freundinnen glaubten, sie wäre zu sehr mit sich selbst beschäftigt, um größeres Interesse an Männern zu haben.

Delphine tat alles, um diesen Eindruck zu verstärken. Sie gab sich in der Öffentlichkeit kühl und distanziert, so daß sie trotz ihrer Attraktivität als Blaustrumpf galt.

In Wirklichkeit jedoch war sie sinnlich, leidenschaftlich und unersättlich.

Es fiel ihr schwer, dem Duke zu widerstehen, und sie hätte dies auch kaum geschafft, wenn sie nicht zur gleichen Zeit eine stürmische Affäre mit Lord Locke gehabt hätte.

Lord Locke war genau der Typ Mann, den Delphine bewunderte und liebte. Und falls sie überhaupt fähig gewesen wäre, jemandem ihr Herz zu schenken, dann ihm.

Aber unglücklicherweise war er mittellos. Er besaß weder ein großartiges Haus noch etwas, das ihn auch nur einigermaßen aufgewertet hätte – ausgenommen die Tatsache, daß er hemmungslos und unsterblich in Delphine verliebt war.

Manchmal spielte sie mit dem Gedanken, ihre hochfliegenden Pläne aufzugeben und sich mit Anthony Lockes Liebe zufriedenzugeben.

Doch diese Versuchung währte immer nur kurz, denn es wurde ihr schnell wieder klar, daß sie zuerst zufrieden sein würde, wenn sie die Krone einer Ducheß auf dem Haupt trug, zusammen mit den anderen Herzoginnen des Königreichs an der Eröffnung des Parlaments teilnahm und imstande war, den Adel Englands nach Lyn oder in eins der märchenhaft schönen Häuser des Duke einzuladen.

»Warum bin ich nur kein Duke?« fragte sich Anthony Locke immer wieder verzweifelt.

Um ihn zu trösten, erwiderte Delphine: »Ich liebe dich so, wie du bist!« Und dann bewies sie es ihm auf eine Art und Weise, die alle Worte überflüssig machte.

Während die Pferde nun durch das Tor am Ende der kleinen Allee trabten, das reparaturbedürftig war, solange sich Delphine erinnern konnte, schmiegte sie ihre Hand in die des Duke und sagte:

»Es war lieb von dir, so freundlich zu Papa zu sein. Ich glaube, er freut sich wie ein Kind über deine Einladung nach Lyn.«

»Ich halte ihn für den einzigen lebenden Autor, der wirklich kompetent ist, über die elisabethanische Stilepoche zu schreiben«, meinte er nachdenklich.

»Ja, Papa ist sehr gescheit.« Delphine seufzte leise. »Ich wünschte nur, ich würde ihm nachgeraten.«

»Es genügt, daß du so schön bist.«

Doch der Duke legte bei diesen Worten nicht den Arm um sie, wie Delphine es erwartet hatte. Und deshalb drängte sie sich näher an ihn und legte das Gesicht an seine Schulter.

»Ich bin so froh, daß du mein Elternhaus einmal gesehen hast.«

»Es war ungewöhnlich interessant für mich«, bemerkte der Duke. »Besonders die Decke in der Küche.«

Delphine hielt den Atem an.

Dann, als sie das Thema wechseln wollte, fragte der Duke:

»Warum hast du mir nie gesagt, daß du einen Bruder und eine Schwester hast? Ich glaubte die ganze Zeit über, du wärest ein Einzelkind.«

»Sie waren so viel jünger als ich, daß sie in meinem Leben eigentlich nie eine Rolle gespielt haben.«

Das war das einzige, was Delphine nach kurzem Zögern einfiel, und ihr entging die Schärfe in des Dukes Stimme keineswegs als er fragte:

»Es kommt mir sehr seltsam vor, daß du sie nie erwähnt hast. Wie alt ist deine Schwester?«

»Sie ist noch sehr jung«, erwiderte Delphine. »Um die siebzehn, glaube ich. Übrigens könnte ich mir denken, daß sie sich auf deinen mondänen Hauspartys ziemlich deplaziert vorkommen wird.«

»Du bist sicher froh darüber, daß du dich jetzt besser um sie kümmern kannst.«

Delphine, die ihm eigentlich hatte klarmachen wollen, daß es ein Fehler gewesen wäre, Nerissa einzuladen, wußte nun, daß sie kein Glück damit haben würde. Sein Entschluß stand fest.

Sie hatte bereits mehrmals die Erfahrung gemacht, daß der Duke einen eisernen Willen besaß, der dem ihren in nichts nachstand. Doch sie war entschlossen, ihren Plan, ihn zu heiraten, zu realisieren und ließ es auf eine Konfrontation gar nicht erst ankommen. Sie entschied jedoch, daß dies das letzte Mal war, daß er seinen Willen gegen sie hatte durchsetzen können.

Einen letzten Versuch unternahm sie allerdings dennoch.

»Vielleicht wäre es günstiger, Papa zu einer anderen Gelegenheit einzuladen, wenn keine Pferdeschau stattfindet und du nicht so beschäftigt bist.«

Im Dunkel der Kutsche bemerkte sie nicht, daß die Augen des Duke funkelten, als er erwiderte:

»Ich kann nicht glauben, daß du wirklich so kaltherzig bist, deinen Bruder um diese Einladung zu bringen, von der er offensichtlich hellauf begeistert war.«

»Nein, natürlich nicht.«

Der Duke nickte. Dann fragte er:

»Ich nehme doch an, du beteiligst dich an den Kosten seiner Ausbildung in Oxford. Ich hatte nicht den Eindruck, daß dein Vater mit irdischen Gütern gesegnet ist.«

Tief holte Delphine Luft, bevor sie hastig entgegnete:

»Papa verfügt über etwas Geld aus dem Verkauf seiner Bücher. Außerdem besitzen wir Land, das wir an einige Farmer verpachtet haben.«

Weil sie Angst vor der Antwort des Duke hatte, streckte sie die Hand aus und berührte seine Wange. Dabei sagte sie:

»Jetzt haben wir aber genug von meiner Familie geredet. Laß uns von dir reden, liebster Talbot. Es gibt für mich keinen Gesprächsgegenstand, der reizvoller ist.«

Es gelang ihr, wie sie glaubte, mit beachtlicher Geschicklichkeit, die Zeit bis zu ihrer Ankunft auf Wire mit diesem Thema zu bestreiten.

Im Haus des Marquis wartete die übrige Gesellschaft bereits ungeduldig auf sie, da sie länger als geplant fortgeblieben waren.

»Sie haben ein köstliches Dinner verpaßt«, sagte jemand.

»Ich bezweifle, ob es so gut war wie das, was ich zu mir genommen habe«, antwortete der Duke. »Und nun, da wir wieder zurück sind, liegt es bei Ihnen, zu zeigen, was Sie uns an Unterhaltung zu bieten haben.«

Zu Delphines Verärgerung lud der Duke sie nicht auf die Tanzfläche ein, wo ein kleines Orchester zum Tanz aufspielte. Er ließ sich im Speisezimmer an einem der Kartentische nieder.

Sie wußte, daß es nun bis zum Schlafengehen keine Möglichkeit mehr zu einem vertrauten Gespräch geben würde.

Zum ersten Mal geriet ihr Entschluß, nicht seine Geliebte zu werden, ins Wanken. Für kurze Zeit spielte sie mit dem Gedanken, zu ihm zu gehen und ihm ins

Ohr zu flüstern, er möge anschließend zu ihr aufs Zimmer kommen, um ihr gute Nacht zu sagen.

Doch rasch verwarf sie diese Idee als dumm und einfältig. Auf dem Weg nach oben hatte sie allerdings das unbehagliche Gefühl, daß seit dem Besuch auf Queen's Rest irgend etwas aus dem Ruder lief, obwohl sie nicht hätte sagen können, was genau es war.

»Ich bin müde und fange an, Gespenster zu sehen«, murmelte sie, als sie ins Bett schlüpfte.

Aber sie fand keinen Schlaf. Immer deutlicher tauchte Nerissas junges Gesicht vor ihr auf.

Doch dann sagte sie sich, daß sich der Duke noch nie für junge Mädchen interessiert habe, und fiel in einen unruhigen Schlaf.

*

Als Harry am nächsten Morgen zum Frühstück nach unten kam, stellte er fest, daß sein Vater den Tisch bereits verlassen hatte. Und als Nerissa ein gekochtes Ei vor seinen Teller stellte, fragte er:

»Haben wir gestern abend geträumt, als man uns für einige Tage nach Lyn einlud, oder nicht?«

Nerissa lachte.

»Das habe ich mich nach dem Aufwachen auch gefragt. Nein, es ist wahr. Doch ich würde mir an deiner Stelle noch nicht so sicher sein.«

»Was soll das heißen?« erkundigte sich Harry erstaunt.

»Ich habe das dumme Gefühl, daß Delphine es fertigbringt, den Duke zu bewegen, einen Rückzieher zu machen. Du weißt, wie wenig Wert sie darauf legt, daß ihre Freunde etwas von uns erfahren – am wenigsten der Duke.«

Ein ungutes Lächeln umspielte Harrys Mund.

»Das ist leider nur allzu wahr«, stimmte er ihr zu. »Aber wenn sie mich daran hindern sollte, an der Pferdeschau teilzunehmen, drehe ich ihr eiskalt den Hals um!«

»Gut, aber sei nicht zu sicher, dann kannst du auch nicht enttäuscht werden!« rief Nerissa und verschwand in der Küche.

Sie kam mit dem Kaffee zurück, und bevor er etwas äußern konnte, sagte sie:

»Ich werde ohnehin nicht mitfahren können. Darüber solltest du dir im klaren sein.«

»Warum nicht?« fragte Harry verblüfft.

»Ich habe nichts anzuziehen. Und selbst wenn ich bereit wäre, einen Teil des Geldes, das wir von Delphine bekommen haben, für ein neues Kleid auszugeben, ich würde in diesem Teil der Welt nur eine Schneiderin finden, in deren Kreation ich wie ein feingemachter Bauerntrampel aussehen würde, der auf einer Party des Duke von Lynchester nur Hohngelächter ernten dürfte.«

Harry blickte sie völlig verdutzt an.

»Du willst doch nicht im Ernst behaupten, daß du vorhast, die Einladung abzusagen?«

»Es wird mir nichts anders übrigbleiben.«

»Aber du kannst dir von dem Geld, das Delphine uns gab, doch etwas Fertiges kaufen.«

Nerissa lächelte.

»Ich kann mir was Besseres vorstellen, als mit diesem Geld Kleider zu kaufen.«

»Und was soll das sein?« fragte Harry in neckendem Ton.

»Well, du bist nicht der einzige Mensch auf der Welt, der gern reitet«, erwiderte Nerissa. »Seit Papas Pferd zu alt wurde, um einen anderen Reiter zu tragen als ihn, mache ich alle meine Wege auf Schusters Rappen, mein Lieber.«

Harry setzte die Tasse hin und starrte die Schwester an.

»O Nerissa, es tut mir – leid«, brachte er stockend hervor. »Ich bin ja so ein verdammter Egoist.«

»Ich beklage mich nicht«, erwiderte Nerissa rasch. »Im übrigen waren manche Farmer so nett und boten mir für die Jagdzeit eines ihrer Pferde an, wenn sie es selbst nicht brauchten. Ich hätte also, wenn ich gewollt hätte, über einen ganzen Stall verfügen können. Ich unterließ es dann aber lieber, nachdem gleich der erste Versuch schiefgelaufen war.«

»Was meinst du damit?« fragte Harry.

Nerissa ließ sich auf dem Stuhl ihm gegenüber nieder.

»Du kennst doch Jake Bridgeman.«

»Ja, natürlich. Er führt das Posting House in der Hauptstraße.«

»Well, er kam eines Tages vorbei, um Papa zu besuchen. Und als er mich sah, bot er mir an, seine Pferde zu benutzen, wann immer ich Lust dazu hätte.«

Nerissa brauchte kein Wort mehr zu sagen, denn Harry rief ärgerlich:

»Zum Teufel mit seiner Zudringlichkeit. Willst du mir erzählen, daß er unfreundlich wurde?«

»Nicht unfreundlich. Eher schon überfreundlich.

Und deshalb sagte ich ihm, ich hätte das Reiten drangegeben.«

»Das hätte nicht passieren dürfen«, sagte Harry. »Sollte er dir noch einmal zu nahe treten, werde ich ihm den Kopf abschlagen.«

»Ich hab' mir schon zu helfen gewußt. Immer wenn er vorbeikam und an die Haustür klopfte, hab' ich abgeschlossen und mich taub gestellt, so laut er auch klopfte. Du kannst dir vorstellen, daß er immer wieder unverrichteter Dinge abziehen mußte, denn Papa in seinem Studierzimmer hört nie, wenn jemand an der Tür ist. Und die alte Mrs. Cosnet, die am Morgen im Haus ist, um mir zu helfen, ist wirklich schon fast taub.«

Harry lachte über die Art, wie Nerissa sich ausdrückte. Dann sagte er:

»Es ist etwas, das einfach nicht vorkommen darf. Aber natürlich, wenn du dir ein Pferd wünschst, werde ich dir bei der Auswahl mit Rat und Tat zur Seite stehen.«

»Nicht nötig. Ich denke nicht an ein Rassepferd wie du«, erwiderte sie. »Ich möchte lediglich ein junges Tier, mit dem ich ein wenig über die Felder reiten kann, damit ich nicht ganz aus der Übung komme und etwas Bewegung habe, die ich mir so sehr wünsche.«

»Der Wunsch wird dir erfüllt werden«, versprach Harry liebevoll. »Ich verspreche dir, daß du immer auf meinem Pferd reiten kannst, wenn ich zu Hause bin. Wir wechseln uns dann einfach ab. Und entschuldige meine Blindheit! Ich hätte längst erkennen müssen, was für ein trostloses, erbärmliches Leben du führst.«

Nerissa stieß einen entsetzten Schrei aus.

»Das darfst du so nicht sagen! Mein Leben ist überhaupt nicht trostlos. Ich bin sehr glücklich hier mit Papa. Und nun kann ich es mir ja auch leisten, Mrs. Cosnet drei oder gar vier Tage in der Woche kommen zu lassen. Und Papa wird jetzt nicht nur besseres Essen, sondern gelegentlich auch ein Glas Rotwein zum Dinner vorgesetzt bekommen. Du weißt, wie sehr er das liebt. Ein Glas Wein wie gestern abend haben wir schon eine Ewigkeit nicht mehr gehabt.«

»Gestern abend vor dem Einschlafen hab' ich daran gedacht, daß Delphine eigentlich etwas für dich tun müßte. Schließlich bist du fast neunzehn. Und wenn Mama noch lebte, hätte sie längst etwas unternommen. Sie war so klug und umsichtig und hätte bestimmt dafür gesorgt, daß du schon mal auf einen Ball gegangen wärst und die eine oder andere Einladung erhalten hättest, wo du mit jungen Leuten deines Alters zusammengekommen wärst.«

Nerissa lachte.

»Du sprichst wie eine in die Jahre gekommene Patentante, die meine Heirat plant. Wenn es das ist, was du vorhast, laß es sein! Harry, ehrlich, ist es das, woran du denkst? Denkst du, es wäre an der Zeit, mich unter die Haube zu bringen?«

»Wenigstens die Chance dazu solltest du haben, meine ich«, erwiderte Harry nachdenklich. »Und welche Wahl hast du schon in diesem gottverlassenen Winkel der Erde?«

Nerissa ging um den Tisch herum und legte ihm die Hände auf die Schultern.

»Ich liebe dich«, sagte sie. »Und du brauchst dir meinetwegen keine Sorgen zu machen. Wenn du mir nur beim Kauf eines Pferdes hilfst, das nicht allzu teuer ist, dann bin ich der glücklichste Mensch auf der Erde.«

»Aber ja, mach ich doch gern«, entgegnete Harry. »Aber ich bestehe darauf, daß du mit Papa und mir nach Lyn kommst.«

*

Nerissa zerbrach sich noch den Kopf darüber, was sie mit ihrer kläglichen Garderobe tun oder wie sie einige Kleider ihrer Mutter, die völlig aus der Mode waren, ändern könnte, als ein Reitknecht in der Livree des Marquis von Swire mit einem Brief erschien.

Als Nerissa ihn entgegennahm, sah sie, daß er von Delphine kam. Sie war sicher, er würde die befürchtete Absage enthalten. Die Schwester würde beim Duke durchgesetzt haben, daß er die Einladung auf seine Burg rückgängig machte.

Es war ein Irrtum.

Statt einer Absage las sie:

Ich denke, wir müssen das Beste aus dem Durcheinander machen, das Papa gestern abend angerichtet hat. Und da der Duke darauf beharrt, daß Du und Harry Papa nach Lyn begleiten, werde ich Dir ein paar Kleider schicken.

Ich fahre morgen in aller Frühe nach London zurück und lasse Dir einen Koffer zusenden, dessen Inhalt eigentlich für die Wohlfahrt gedacht war.

Ich bin sicher, Du wirst das eine oder andere noch so ändern können, daß Du es brauchen kannst. Auf alle Fälle werden die Sachen besser an Dir aussehen als die alten Lumpen, die Du gestern abend getragen hast.

Bestell Harry, er soll sich zusammennehmen und vor allem seinen Mund nicht so weit aufmachen. Ich erwarte Diskretion von ihm. Andernfalls wird er sein loses Mundwerk bereuen.

Deine Delphine

Nerissa las den Brief ein zweitesmal. Dann dachte sie: Sie ist immer noch sehr böse auf uns. Aber es gibt nichts, was wir oder sie daran ändern können. Wenigstens Harry wird glücklich sein, daß der Duke uns immer noch bei sich erwartet.

Sie selbst wurde den Gedanken nicht los, daß Delphine sie behandelte wie einen Wohlfahrtsfall. Doch als dann der Koffer eintraf, vermochte Nerissa die Erregung nicht zu unterdrücken, die sie plötzlich ergriff.

Seit Jahren hatte sie kein neues Kleid mehr bekommen. In dem Augenblick, da sie den Deckel der runden Lederschachtel aufhob und den Inhalt sah, begann ihr Herz vor Aufregung zu pochen.

Ein Gefühl der Erwartung und der Selbstsicherheit erfaßte sie, und sie wußte, nicht einmal Delphine würde sie jetzt verunsichern oder beunruhigen können.

Alle Kleider waren letzter Modeschrei und tadellos in Ordnung, denn Delphine würde nie etwas tragen, was auch nur einmal ausgebessert worden war.

Viele ihrer Kleider wurden ausrangiert, nachdem sie einmal getragen worden waren. Es sei denn, ihre Kritikerinnen sollten Delphine ein zweites Mal darin sehen.

Nerissa wußte natürlich nicht, daß die Schwester bei ihrer Rückkehr nach London ihrer Zofe die Anweisung gegeben hatte, alle Stücke aus dem Koffer zu entfernen, die zu raffiniert waren oder die Aufmerksamkeit des Duke und seiner Gäste zu sehr auf Nerissa hätten lenken können.

Doch wie dem auch sein mochte, alles, was Delphine geschickt hatte, war in Nerissas Augen so wundervoll und hinreißend, daß sie sich vorkam, als schwebte sie auf Wolken.

Es gab drei Abendkleider und ein Tageskleid, ein Reisekostüm, einen Umhang – was Nerissas Vorstellungen und Erwartungen völlig überstieg – und ein sehr schickes Reitkostüm.

Zuerst glaubte sie, die Sendung bestünde nur aus einem Koffer, doch es gab noch eine Reihe von kleineren Schachteln und Kisten mit Schuhen, Hüten, Handschuhen und Taschen.

Sogar Harry war beeindruckt von Delphines Großzügigkeit, bis er den Brief las, den sie vor ihrer Abreise von Swire geschrieben hatte.

»Ich bin sicher«, sagte er zu Nerissa, »am liebsten würdest du ihr die ganzen Klamotten vor die Füße werfen. Mir jedenfalls wäre danach.«

Nerissa stieß einen Entsetzenschrei aus.

»Sie gehören jetzt mir. Es ist völlig unmöglich, daß ich mich noch einmal von ihnen trenne! Mag sein, daß sie mir nur widerwillig geschenkt wurden, aber das ist mir gleichgültig. Einem geschenkten Gaul schaut man nicht ins Maul.«

Harry lachte. Er legte den Arm um Nerissa und gab ihr einen unerwarteten Kuß.

»Du bist so süß«, sagte er. »Ich hoffe nur, du findest eines Tages einen Mann, der dich liebt und dafür sorgt, daß du alles hast, was dein Herz begehrt.«

»Ich wünsche mir im Augenblick nichts anderes, als daß die Tage bis zu unserer Abreise wie im Flug vergehen, daß wir Lyn sehen und die Pferde des Duke reiten können.«

»Amen, das gebe Gott!« rief Harry inbrünstig. »Ich werde heute nach Oxford fahren und mir ein paar vernünftige Kleidungsstücke besorgen – egal, ob ich sie mir erbetteln, leihen oder stehlen muß. Ich möchte nicht, daß du dich meiner schämen mußt!«

»Ich mich deiner schämen? Nie würde das geschehen, das weißt du doch!«

Sie lächelte Harry zu und fuhr fort:

»Glaubst du denn, du könntest auf die Schnelle noch etwas Passendes bekommen?«

»Well, ich gehe zum besten Schneider in Oxford und erkläre ihm, daß ich entschlossen bin, eine Menge Geld bei ihm zu lassen. Ich hoffe, ihn damit ködern zu können. Vor allem . . .« Harry verzog das Gesicht zu einem spitzbübischen Grinsen, ». . . wenn ich ihm verrate, wohin ich gehe.«

Nerissa fand diesen Einfall nicht sehr vielversprechend, sagte jedoch nichts.

Sie wußte, wie sehr Harry darunter litt, schlecht angezogen zu sein – im Gegensatz zu vielen seiner Freunde und Mitstudenten.

Plötzlich ertappte sie sich dabei, daß sie sich an den Duke erinnerte – an seine tadellos gebundene Krawatte, an den Kragen seines Hemdes, dessen Ecken genau den richtigen Winkel zu seinem Kinn bildeten.

Wenn Harry glaubt, mit dem Duke konkurrieren zu können, dürfte er eine Enttäuschung erleben, dachte sie.

Aber dann sagte sie sich, daß niemand anziehender, sympathischer und liebenswürdiger war als ihr Bruder.

»Wir brauchen uns vor niemandem zu verstecken!« erklärte sie ihrem Spiegelbild und reckte stolz das Kinn. Und das war etwas, das die wenigsten Menschen von sich behaupten konnten.

*

Bis zur letzten Sekunde am Freitagmorgen hatte es den Anschein, als würden sie mit ihren Reisevorbereitungen niemals fertig werden.

Als aber dann die Kutsche des Duke vorfuhr, standen alle drei mit klopfendem Herzen in der Halle.

Nerissa nahm an, der Duke hätte mit dem Marquis vereinbart, daß seine Diener und Pferde die Nacht auf Swire verbrachten, damit sie am Freitagmorgen ausgeruht und pünktlich nach Queen's Rest aufbrechen konnten.

Die Hauptlast der Vorbereitungen hatte natürlich bei Nerissa gelegen. Unzählige Kleinigkeiten waren zu bedenken, in Ordnung zu bringen und herzurichten. Und ab und zu hatte sie befürchtet, niemals damit fertig zu werden.

Die Anzüge ihres Vaters stammten zwar von einem ausgezeichneten Schneider, aber sie hatten natürlich im Lauf der Jahre gelitten.

Nerissa brauchte Stunden, um sie mit Hilfe von feuchten Tüchern und heißen Bügeleisen wenigstens einigermaßen ansehnlich zu machen.

Man muß eigentlich gar nicht erwähnen, daß Marcus Stanley die Mühe und Geschicklichkeit seiner Tochter nicht zu würdigen wußte. Sein Äußeres interessierte ihn nicht. Er dachte nur an die großartige Chance, sein Kapitel über die Baukunst der elisabethanischen Epoche durch den Besuch in Lyn auf den neuesten Stand zu bringen.

Dennoch – als er schließlich in seinem besten Anzug in der Halle stand, die Krawatte, die Nerissa dutzendemal gedämpft und gebügelt hatte, tadellos gebunden, dachte das junge Mädchen, daß selbst das kritische Auge der Schwester nichts an ihm auszusetzen haben würde.

»Du siehst sehr gut aus, Papa«, sagte sie laut und gab ihm einen Kuß auf die Wange.

»Du aber auch, mein Liebes«, antwortete dieser überrascht.

Da Nerissa ihr Entzücken über ihr Äußeres nicht zu unterdrücken vermochte, drehte sie sich in der Halle einmal um die eigene Achse. Dabei zeigte sie ein Musselinkleid mit blauen Bändern und ein Reisecape im gleichen Blau, das auch im Aufputz des eleganten und sehr kostbaren Hutes den sie trug, wiederkehrte.

Es war Harry, der seine Nervosität kaum noch beherrschen konnte, als die Kutsche des Duke vorfuhr und sie feststellten, daß diese von sechs Pferden gezogen wurde.

»Ich hatte mit vieren gerechnet!« sagte er, atemlos vor Aufregung.

»Es ist ein weiter Weg bis Lyn«, erwiderte Nerissa. »Ich nehme an, Seine Gnaden wünscht, daß wir pünktlich sind.«

Ihr Gepäck wurde im Gepäckwagen verstaut, und nachdem sie eingestiegen waren, ließen sie sich in die Polster der Sitzbank sinken, die so breit war, daß drei Personen bequem nebeneinander Platz hatten.

»Ein Glück, daß wir alle schlank sind«, stellte Harry zufrieden fest. »Ich hasse es, auf der Fahrt mit dem Rücken zu den Pferden zu sitzen.«

»Mir geht's genauso«, pflichtete Nerissa ihm bei. »Als Kind mußte ich allerdings immer gegen die Fahrtrichtung sitzen, weil du den besten Platz immer für dich beanspruchst hast. Ein Glück – wie du sagst –, daß wir jetzt alle nebeneinandersitzen können. Ich zweifle nämlich sehr daran, daß du inzwischen höflicher geworden bist.«

Harry lachte.

»Vergiß nicht, daß wir uns in den nächsten Tagen alle von unserer besten Seite zeigen müssen. Schließlich wartet Schwester Delphine nur darauf, daß wir ins Fettnäpfchen treten. Ich fürchte, sie würde vor Scham über ihre Verwandten vom Land sowieso am liebsten im Erdboden versinken.«

Nerissa wußte, daß Harry mit seiner Behauptung recht hatte. Sie schickte ein Stoßgebet zum Himmel, daß niemand von ihnen einen Fehler machte.

Wieder rief sie sich alle Worte der Mutter in Erinnerung, wenn diese von den großen Häusern oder von Partys erzählt hatte, bei denen sie dabeigewesen war.

Dabei wurde Nerissa immer aufgeregter, je näher die Stunde heranrückte, zu der ihr Gastgeber sie auf Lyn erwartete.

Tatsächlich war es Punkt Viertel vor fünf, als die Pferde in eine Allee mit einem eindrucksvollen schmiedeeisernen Tor einbogen, die, wie Nerissa mit Sicherheit annahm, die Auffahrt zur Burg war.

Alte, prächtige Kastanienbäume säumten die Straße, an deren Ende jenes Gebäude vor ihr auftauchte, von dem Nerissa schon so viel gehört und das zu sehen sie sich niemals erträumt hatte.

Aber das Unmögliche war Wirklichkeit geworden. Nerissa war überwältigt von der Schönheit, Größe und Märchenhaftigkeit dieses Bauwerks.

Obwohl seine Mauern für die Ewigkeit erbaut schienen, ging von ihnen ein unirdischer Eindruck aus, als ob sie jeden Augenblick in den Himmel davonschweben könnten.

»Mein Gott, sind das Ausmaße!« rief Harry staunend, während sie näherkamen.

»Die Burg ist wundervoll!« rief Nerissa. »Ich hoffe, nur, sie verschwindet nicht, bevor wir da sind.«

Harry lachte und preßte verständnisvoll die Hand der Schwester.

»Auch du bist wundervoll«, sagte er dann. »Nur Mut! Und denk daran, daß wir zwei Pferde kaufen werden, sobald wir wieder zu Hause sind.«

»Ich freue mich schon darauf«, erwiderte Nerissa.

»Sie werden allerdings nicht so gut sein wie die, die wir auf Lyn zu sehen bekommen werden«, meinte Harry so leise, daß Nerissa ihn kaum verstand.

Harrys Blick wanderte zum Park hinüber, wo man die letzten Vorbereitungen für die Pferdeschau am kommenden Tag traf.

Eine Anzahl Pferde waren bereits auf der Miniatur-Rennbahn zu sehen. Man hatte Zelte und eine überdachte Tribüne für die Gäste und Zuschauer aufgebaut, die zu der Schau erwartet wurden.

Harry war wie gebannt.

Zum Glück bog das Pferdegespann in den Burghof ein, so daß er die Möglichkeit hatte, sich ein wenig zu beruhigen, bevor die Kutsche vor dem Haupteingang von Lyn zum Stehen kam.

Nerissa wagte einen Blick aus dem Fenster und sah das wundervollste Burgportal, das ihren Augen je vergönnt war. Dabei durchzuckte sie der Gedanke, daß sie sich unbedingt jedes Detail einprägen mußte, denn die Gelegenheit dazu würde wohl niemals wiederkehren.

*

Später erinnerte sich Nerissa nur noch an ein Kaleidoskop von Bildern und Eindrücken, die vor ihr aufzuckten, während sie die große Halle mit der Musikantenempore und dem prunkvollen Marmorkamin durchschritten und einen hohen, mit Wandteppichen geschmückten Korridor entlanggingen.

Dann erreichten sie den Raum, in dem der Duke sie erwartete und den der Butler die »rote Bibliothek« nannte.

Von diesem Moment an hatte Nerissa nur noch eine vage Erinnerung an die Ereignisse. Die hohe Gestalt des Duke vor einer bis unter die Decke reichenden Bücherwand, die Marcus Stanley mit magischer Gewalt anzog, war das einzige, woran sie sich klar zu erinnern vermochte.

»Willkommen auf Lyn«, sagte der Duke, und Nerissa stellte erleichtert fest, daß er allein war. »Ich hoffe, Sie hatten eine angenehme Reise.«

»Sie war sehr angenehm«, antwortete Marcus Stanley. »Und herzlichen Dank für das köstliche Luncheon, das in dem Gasthof, wo wir Rast machten, für uns bereit stand.«

»Auf langen Reisen bevorzuge ich immer das Essen aus der eigenen Küche«, erklärte der Duke beiläufig. »Was man unterwegs in den Gasthöfen vorgesetzt bekommt, ist meistens ungenießbar.«

Bevor ihr Vater darauf antworten konnte, sagte der Duke zu Nerissa:

»Und was halten Sie von meinem Haus, Miß Stanley?«

»Ich habe Angst, es könnte verschwinden, bevor ich die Gelegenheit hatte, es mir anzusehen«, erwiderte sie.

Der Duke lachte.

Dann zeigte man ihnen die Schlafräume, die alle drei nebeneinanderlagen.

Nachdem Nerissa mit Hilfe zweier Mädchen das Reisekostüm gegen ein schlichtes Tageskleid getauscht hatte, gingen sie nach unten, um in der Long Gallery den Tee einzunehmen.

Hier waren bereits zahlreiche Hausgäste versammelt. Unter ihnen natürlich auch Delphine.

Nerissa spürte, wie ihr Herz ein wenig schneller schlug, als sich Delphine von zwei elegant gekleideten jungen Männern löste, mit denen sie sich unterhalten hatte. Sie eilte auf ihre Familie zu und rief mit affektierter Stimme:

»Liebster Papa, wie wundervoll, dich zu sehen. Ich hoffe doch, die Reise war nicht zu anstrengend für dich.«

»Nicht im geringsten«, erwiderte Marcus Stanley. »Ich habe unserem Gastgeber schon versichert, wie froh ich bin, hier zu sein. Das Haus ist noch viel schöner und beeindruckender, als ich es mir vorgestellt habe.«

»So ergeht es uns allen«, sagte jemand, der in der Nähe stand. Ein kurzes Lachen war zu hören.

Nachdem sie Delphine begrüßt hatten, stellte der Duke Nerissa einer Anzahl von Gästen vor. Und während sie es unmöglich fand, die vielen Namen zu behalten, stellte sie überrascht fest, daß alle ohne Ausnahme sehr freundlich, ja fast herzlich zu ihr waren.

»Ist dies Ihr erster Besuch auf Lyn?« fragte eine ältere Dame, die Nerissa für eine Tante des Duke hielt.

»Ja, Ma'am, und Sie können sich wohl denken, wie aufregend es für meinen Bruder und mich ist, in das berühmteste Haus Englands eingeladen zu sein.«

Die Lady lachte.

»Das müssen Sie Ihrem Gastgeber sagen. Er mag Komplimente, die seinem Haus gelten, fast lieber als Komplimente, die ihm selbst gelten. Ziemlich ungewöhnlich bei jungen Menschen heutzutage.«

»Mir hat noch nie jemand ein Kompliment gemacht«, sagte Nerissa ohne zu überlegen.

Als sie aufblickte, sah sie, daß der Duke neben ihr stand und ihre Worte mitbekommen hatte.

»Ihnen hat noch nie jemand ein Kompliment gemacht, Miß Stanley?« fragte er. »Sind denn die Gentlemen in Ihrem Teil der Welt mit Blindheit geschlagen?«

Nerissa blickte ein wenig argwöhnisch zu ihm auf, bevor sie sagte:

»Das ist ja ein Kompliment – und ein sehr geschicktes obendrein!«

Der Duke lachte spontan.

»Ich kann Ihnen versichern, daß Sie in wenigen Jahren für derartige Schmeicheleien nur noch ein blasiertes Lächeln haben werden. Doch jetzt sollten Sie sich daran erfreuen, so wie sie gemeint sind. Und seien Sie nicht zu kritisch.«

»Zu kritisch?« fragte Nerissa. »Ich wüßte nicht, warum ich kritisch sein sollte. Alles ist so vollkommen, so unvorstellbar vollkommen. O bitte, wann kann ich das ganze Haus besichtigen?«

Erstaunt blickte der Duke sie an.

Dann sagte er:

»Das ist im Augenblick etwas schwierig. Aber soweit ich mich erinnere, habe ich Ihrem Vater vorgeschlagen, mit der gründlichen Besichtigung von Lyn bis nach der Pferdeschau zu warten.«

»Oh, natürlich, jetzt fällt es mir wieder ein«, sagte Nerissa. »Es ist nur, weil alles hier so großartig und wundervoll ist – und weil ich fürchte, es könnte mir etwas entgehen.«

Der Duke lächelte.

»Nun, das ist ja ein ganz gewaltiges Kompliment,

Miß Stanley. Und dazu eines, das ich zu schätzen weiß.«

Nerissa errötete, als sie sagte:

»Ich bin sicher, Euer Gnaden sind es gewohnt, daß die Leute Ihr Haus und alles, was Sie sagen und tun, über die Maßen loben. Es würde mich nicht wundern, wenn Sie das ewige Lob oft ein wenig langweilig fänden.«

»Woher wollen Sie wissen, was man über mich sagt?« fragte der Duke.

»Harry erwähnte es einmal«, erwiderte sie.

»Ich hoffe, Harry erzählt Ihnen nichts Falsches, wenn er mit Ihnen über andere spricht.«

Nerissa erinnerte sich an das, was Harry über die Affären des Duke erzählt hatte. Und weil die Antwort des Duke sie verwirrt hatte, schlug sie die Augen nieder und fühlte, wie ihr erneut das Blut in die Wangen schoß.

Der Duke ließ ein weiches Lachen hören.

»Sie müssen lernen, nicht alles zu glauben, was man Ihnen erzählt, und sich ein eigenes Urteil von den Menschen und Dingen zu bilden«, sagte er dann.

Ernsthaft blickte sie zu ihm hoch.

»Das versuche ich immer«, antwortete sie. »Mama nannte es, den eigenen Verstand gebrauchen. Sie achtete immer darauf, daß wir nie etwas Schlechtes von anderen Leuten glaubten, bevor wir nicht fest davon überzeugt waren, daß es die Wahrheit war.«

»Das ist entschieden die richtige Verhaltensweise«, stimmte der Duke zu. »Ich denke oft, die Menschen sind so oberflächlich geworden, daß sie die Meinungen und Vorurteile der anderen einfach übernehmen, anstatt den eigenen Verstand zu gebrauchen.«

»Vielleicht ist dies gar nicht so einfach«, sagte Nerissa. »Vielleicht muß man dazu ein gewisses Alter erreicht haben und über eine große Erfahrung verfügen.«

»Das natürlich auch«, gab der Duke zu. »Aber lassen Sie mich Ihnen sagen, daß man eigentlich gar nicht früh genug damit anfangen kann, sich auf den eigenen Instinkt und das eigene Nachdenken zu verlassen.«

Bei den letzten Worten wandte er sich um und gesellte sich zu einer Gruppe von Gästen, die in der Nähe standen.

Nerissa dachte unwillkürlich, welch seltsame Unterhaltung dies für ein junges Mädchen gewesen war, das seinen Gesprächspartner kaum kannte und ihn vorher erst ein einziges Mal gesehen hatte.

Delphine trat zu ihr.

Es sei Zeit, nach oben zu gehen und sich für das Dinner umzuziehen, sagte sie.

Sobald sie beide allein waren, begann sie auf Nerissa einzureden.

»Du solltest dich niemandem aufdrängen, Nerissa. Du bist auf dieser Party nur deshalb, weil der Duke das Bedürfnis hatte, nett zu Papa zu sein, und weil er mir eine Freude machen wollte. Aus diesem Grund wirst du dich nach Möglichkeit von ihm fernhalten und versuchen, ihm nicht lästig zu fallen. Verstanden?«

»Ja, natürlich«, antwortete Nerissa bescheiden.

Danach blickte sie sich im Zimmer um. Und als sie

sah, daß keines der Hausmädchen in der Nähe war, fragte sie:

»Hat Seine Gnaden schon um dich angehalten?«

»Das nenne ich eine äußerst impertinente Frage«, entgegnete Delphine, »aber ich will deine Neugier befriedigen, indem ich dir verrate, daß der Antrag des Duke nur noch eine Frage der Zeit ist. Eingeladen hat er euch eigentlich nur, damit seine Familie euch hier kennenlernt. Dann ist der Schock für sie nicht mehr so groß, wenn er die Heirat mit mir bekannt gibt.«

»Der Schock?« fragte Nerissa.

»Natürlich«, erwiderte Delphine. »Es wird ein Schock für die Mitglieder der Lynchester-Familie sein. Seit Jahren versuchen sie vergeblich, ihn zum Heiraten zu überreden. Er hat sich ihrem Drängen stets widersetzt und ihnen zu verstehen gegeben, daß er das Junggesellendasein der Ehe vorzieht. Von niemandem hat er sich etwas sagen lassen, er hat alle ausgelacht. Und nun plötzlich stellt er der Welt seine ›Herzogin‹ vor.«

Bei dem Wort »Herzogin« schien Delphines Stimme zu beben.

Sie trat vor den Spiegel. Und während sie sich stolz in die Brust warf, sagte sie:

»Stell dir nur vor, wie hinreißend ich mit einem Brillantdiadem aussehen werde, das fast einer Krone gleicht. Es gibt zwar auch noch eines aus Smaragden und Rubinen und ein drittes aus Saphiren, aber davon steht mir nur das letztere, weil es das Gold meines Haares und das Blau meiner Augen betont.«

»Du wirst wundervoll aussehen, Delphine, einfach

wundervoll«, stimmte Nerissa ihr ernst zu. »Werde ich dich so sehen können?«

Eine Pause entstand, ehe Delphine erwiderte:

»Ich glaube, das ist höchst unwahrscheinlich. Ich habe es satt, mich noch länger mit den Zeugen meiner Vergangenheit herumzuärgern, die Familienmitglieder nun einmal sind. Ich möchte neue Menschen kennenlernen, neue Dinge erleben und vor allem die große Gesellschaft erobern.«

»Mit anderen Worten, du wirst für Harry und mich keine Zeit haben«, erwiderte Nerissa unglücklich.

»Um ehrlich zu sein, ich halte es für einen Fehler, einen sehr schweren Fehler, mich mit euch zu belasten.«

Delphine schwieg sekundenlang. Dann fuhr sie mit scharfer Stimme fort:

»Was ich im Moment für dich getan habe, muß genügen, Nerissa. Ich habe dich hierhergebracht. Ich habe dir viel Geld gegeben und dir eine Welt gezeigt, von deren Existenz du nicht die blasseste Ahnung hattest. Was verlangst du sonst noch von mir?«

Der Gedanke durchzuckte Nerissa, sie sollte Delphine daran erinnern, daß keine der drei Behauptungen der Wahrheit entsprach.

Das Geld zum Beispiel, das sie Harry und ihr gegeben hatte, war im Grunde eine Art Bestechungsgeld. Delphine hatte sich damit die Mithilfe ihrer Geschwister erkauft, um dem Duke eine Wirklichkeit vorzugaukeln, die es nicht gab.

Nie hätte Delphine für ihre Geschwister auch nur einen Penny übrig gehabt, wenn sie die beiden nicht für ihren Schwindel gebraucht hätte.

Aber dann sagte sich Nerissa, daß es müßig war, mit Delphine zu streiten.

Die Schwester hatte schon als Kind immer nur das geglaubt, was sie glauben wollte.

Nerissa war sicher, daß Delphine sich einbildete, genug für ihre armen, mittellosen Verwandten getan zu haben, so daß niemand mehr von ihr erwarten konnte.

Aber was auch geschehen mag, dachte Nerissa, ich habe wenigstens Lyn gesehen.

Und das ist etwas, das ich nie im Leben vergessen werde.

Laut sagte sie:

»Danke, Delphine, für alles. Ich werde natürlich versuchen, mich nach deinen Wünschen zu richten, während wir hier sind.«

Delphine kehrte dem Spiegel den Rücken und schaute die Schwester forschend an.

Dann sagte sie scharf:

»Meine Wünsche! Also, ganz offen gesagt, wünsche ich, daß du dich vom Duke völlig fernhältst. Du bist nämlich zu hübsch, Nerissa. Du raubst mir meinen inneren Frieden. Vergiß das nicht! Und darum: Bleib weg von ihm . . .«

Sie machte eine Pause.

Dann lag ein drohender Unterton in ihrer Stimme, als sie fortfuhr:

»Wenn du nicht tust, was ich von dir verlange, schicke ich dich nach Hause oder sperre dich hier in dein Zimmer ein, solange du auf Lyn bist.«

Nerissa rang sekundenlang nach Luft.

Delphine achtete nicht darauf. Sie drehte sich auf

dem Absatz um und verließ ohne ein weiteres Wort das Zimmer.

Mit einem lauten Knall fiel die Tür hinter ihr ins Schloß.

4

Am nächsten Morgen erwachte Nerissa in aller Frühe. Sie brauchte eine Weile, bis sie wußte, wo sie war.

Dann fiel ihr die Verabredung mit Harry ein.

Sie wollten zusammen ausreiten.

Am Abend zuvor hatte er sie beiseite genommen und gesagt:

»Der Duke hat mir erlaubt, zu den Ställen zu gehen und mir ein Pferd satteln zu lassen, wann immer ich Lust dazu habe. Wie wär's? Wollen wir morgen früh nicht zusammen ausreiten?«

Nerissas Augen leuchteten.

»Und du glaubst, das ist ohne weiteres möglich?«

»Natürlich«, antwortete Harry. »Es sei denn, du verschläfst dich.«

»Das werde ich bestimmt nicht, wenn ich die Möglichkeit zu einem Morgenritt habe.«

Nerissa war erleichtert gewesen, sich am Abend früh zurückziehen zu können.

Die Gäste des Duke schienen sich alle gut zu kennen, und Nerissa kam sich etwas deplaziert vor.

Besonders nachdem die Gentlemen nach dem Port den Bankettsaal verließen und es deutlich wurde, daß jede der Ladys – auch Delphine – sich auf einen ganz bestimmten männlichen Partner konzentrierte und kein Interesse zeigte, sich mit jemand anderem zu unterhalten.

Die meisten der geladenen Damen waren außergewöhnlich kultiviert und schön und besaßen bedeutende Titel.

Sie waren raffiniert gekleidet, und ihre Gesichter waren mit Hilfe von Mascara, Schminke und Puder kunstvoll zurechtgemacht.

Nerissa kam sich neben ihnen sehr jung und unbedeutend vor – und trotz des Kleides, das sie von Delphine bekommen hatte, irgendwie reizlos und ohne Chic.

Sie hatte ein Kleid gewählt, das ihr fast ein wenig zu aufwendig erschienen war. Doch als sie darin nach unten kam, stellte sie fest, daß sie sich von den anderen Damen nur dadurch unterschied, daß sie keinen Schmuck trug.

Das Mädchen, das sie betreute, hatte dies sofort bemerkt und gesagt:

»Da Sie keinen Schmuck tragen, Miß, frage ich mich, ob Sie sich vielleicht eine Blume ins Haar stecken möchten und unter Umständen auch an den Ausschnitt.«

Nerissa schlug die Hände zusammen.

»Wie nett von Ihnen, Mary, daran zu denken«, sagte sie. »Ich nehme zwar nicht an, daß jemand Notiz von mir nehmen wird, aber ich möchte nicht, daß meine Familie sich wegen meines Aussehens schämen muß.«

»Ich bin überzeugt, das würde niemals der Fall sein, Miß«, antwortete Mary. »Ich habe da einen kleinen

Tuff weißer Rosen, die ich Ihnen ins Haar stecken könnte.«

Die weißen Rosen verliehen ihrer Erscheinung mehr Eleganz, und vor allem verdeckten sie ein wenig den tiefen Ausschnitt des Kleides, der ihr von Anfang an zu gewagt vorgekommen war.

Als dann Delphine auf sie zukam und Nerissa das funkelnde Brillantenkollier mit den passenden Ohrgehängen und Armbändern sah, hatte sie fast das Gefühl, durch ihre Unauffälligkeit aufzufallen.

Im Salon gesellte sie sich sofort zu ihrem Vater. An seinem Gesichtsausdruck erkannte sie, daß er den Abend auf Lyn genoß.

Als Harry auftauchte, genügte ein Blick, um zu erkennen, daß er in seinem Element war. Sein Gesicht war leicht gerötet, seine Augen blitzten, und er wirkte noch attraktiver als gewöhnlich.

Nach dem Dinner hatte Harry dann keine Zeit mehr für Nerissa gehabt. Eine hübsche Lady mit funkelnden Saphiren beanspruchte ihn zu sehr. Nerissa sah nur noch, wie die beiden lachend Arm in Arm im Ballsaal verschwanden.

Nerissa tanzte zweimal. Danach benutzte sie einen Augenblick, in dem niemand sie zu beachten schien, um aus dem Saal zu huschen und auf ihr Zimmer zu gehen.

»Es war ein wundervoller Abend«, flüsterte sie vor sich hin. »Aber ich hätte ihn verdorben, wenn ich den Leuten das Gefühl gegeben hätte, daß sie sich um mich kümmern müßten, weil ich allein und ohne Anschluß herumgestanden wäre.«

Nun ging sie zum Fenster und blickte hinaus. Draußen sandte die Sonne ihre ersten Strahlen über das Land.

Nerissa zog schnell das schicke Reitkostüm an, das Delphine ihr geschenkt hatte.

Nachdem sie ihr Haar geordnet hatte, dachte sie, daß sie den eleganten blauen Reithut, der zu dem Kostüm paßte, später aufsetzen konnte. Es war noch so früh am Tag, niemand würde zu dieser Zeit schon unterwegs sein und Anstoß daran nehmen, daß sie keinen Hut trug.

Zu Hause war sie immer ohne Kopfbedeckung ausgeritten, sie fühlte sich so freier und weniger eingeschränkt.

Leise öffnete sie die Tür ihres Schlafzimmers und schlich auf Zehenspitzen über den Flur. Harry wohnte neben ihrem Vater, dessen Zimmer zwischen den Schlafräumen der Kinder lag.

Ohne anzukopfen öffnete sie die Tür. Sie war der Meinung, daß Harry bereits angekleidet auf sie wartete.

Zu ihrer Überraschung lag er noch im Bett und schlief tief und fest.

Im ersten Augenblick wollte sie ihn wecken, hörte dann jedoch, daß er leise schnarchte, und sah, daß seine Kleider unordentlich auf dem Boden und über einem Stuhl lagen.

Sekundenlang blickte Nerissa auf den schlafenden Bruder nieder. Er mußte sehr spät ins Bett gekommen sein und hatte ganz offensichtlich zu sehr dem exzellenten Wein des Duke zugesprochen.

Nicht daß Harry sich betrunken hätte, dazu war er zu vernünftig. Aber da sie sich zu Hause keinen Alkohol leisten konnten und er in Oxford nicht die nötigen Mittel besaß, war er natürlich nicht so an Alkohol gewöhnt wie andere junge Männer seines Alters.

Nerissa machte einen Schritt auf das Bett zu, und als sie ihn in dem schwachen Licht, das seitlich durch die Vorhänge fiel, betrachtete, dachte sie, daß er noch sehr jung und verletzlich aussah.

Sie beschloß, ihn schlafen zu lassen. Es würde gut für ihn sein, wenn er an diesem Tag ausgeruht und in bester Verfassung war, wenn er mit den Pferdebesitzern ins Gespräch kam oder mit dem Duke. Denn er wollte bei diesem natürlich einen guten Eindruck hinterlassen, damit er ihn auch später noch einmal nach Lyn einlud.

Leise verließ sie das Zimmer und schloß vorsichtig die Tür hinter sich. Dann schritt sie allein den Gang entlang.

Harry hatte ihr am Abend zuvor den Weg zu den Ställen erklärt, und sie fand diese ohne Schwierigkeiten. Lediglich einige Diener, an denen sie vorüberkam, blickten sie erstaunt an, da es offensichtlich höchst ungewöhnlich war, einen der weiblichen Gäste so früh auf den Beinen zu sehen.

Wider Erwarten herrschte auch in den Ställen noch kein Betrieb.

Als sie schließlich einen Stallburschen traf und ihm erklärte, sie würde gerne einen Ausritt machen, sattelte dieser sofort ein Pferd für sie.

Es war ein feuriger Brauner, der hervorragend zugeritten war. Als Nerissa in den Sattel stieg, empfand sie dies als einen der erregendsten Momente in ihrem Leben.

»Wenn Sie sich hinter den Ställen rechts halten, Miß«, sagte der Stallmann, »werden Sie ein ebenes Gelände finden, auf dem Sie wunderbar galoppieren können.«

»Danke.«

Nerissa lächelte dankbar.

Der Platz für die Pferdeschau lag links von den Ställen.

Sie wußte, daß sie nie ein so herrliches Pferd geritten hatte. Und ebenfalls wußte sie, daß sie keinerlei Schwierigkeiten mit ihm haben würde, denn es reagierte fernnervig auf jede Zügelbewegung und den leisesten Schenkeldruck. Ruhig trieb sie es zu einer schnelleren Gangart an.

Sie durchquerte den Park und achtete auf die Kaninchenlöcher unter den Bäumen. Dann sah sie vor sich das flache Gelände, das der Stallbursche ihr beschrieben hatte.

Es muß eine ganze Meile sein, dachte sie, holte tief Luft und gab dem Pferd einen leichten Schlag mit der Reitgerte.

Ihr Herz schlug einen Wirbel.

Sie wußte, sie würde jetzt schneller reiten als jemals zuvor in ihrem Leben.

Es war erregend, den Wind auf den Wangen zu spüren und nur das Donnern der Hufe zu hören.

Ihre Augen waren halb geblendet vom Licht der Morgensonne, und während sie auf dem Rücken des Pferdes dahinflog, glaubte sie, eines der Märchen, die sie oft während ihrer Hausarbeit zu träumen pflegte, wäre Wirklichkeit geworden.

Am Ende des Reitweges zügelte sie den Braunen in dem Gefühl, daß sie beide den Ritt genossen hatten.

Ein wundervolles Erlebnis, so dahinzufliegen, dachte Nerissa. Das heftige Schnauben des Pferdes drang an ihr Ohr.

Auch Nerissa war ein wenig außer Atem, als sie sich umwandte, um die Strecke, die sie zurückgelegt hatte, stolz zu überblicken. Überrascht stellte sie fest, daß ihr jemand folgte.

Ein paar Sekunden länger, und der Reiter hätte mich eingeholt, dachte sie.

Der Duke zügelte sein Pferd neben ihr und sagte freundlich:

»Guten Morgen, Miß Stanley. Als der Stallknecht mir sagte, daß schon jemand vor mir ausgeritten sei, kam mir gleich der Gedanke, daß Sie es wären.«

»Und wie kamen Sie zu dieser Vermutung?«

Der Duke lächelte.

»Weil meine übrigen weiblichen Gäste ihren Schönheitsschlaf brauchen.«

Nerissa lachte, weil seine Worte so lustig klangen.

Gleichzeitig wurde ihr bewußt, wie beeindruckend er auf dem riesigen Rapphengst aussah und wie elegant er gekleidet war.

Er hatte den Hut gezogen, während er sie begrüßte. Nerissa wurde verlegen, denn sie hatte das Gefühl, daß er sie kritisch musterte.

»Ich habe – nicht damit gerechnet, daß jemand schon so . . . so früh aufstehen könnte«, sagte sie entschuldigend. »Ich fürchte, ich sehe ein wenig – unkonventionell aus.«

»Sie sehen ganz hinreißend aus«, widersprach der Duke, »und herrlich jung wie der Frühling.«

Die Art, wie er sprach, brachte sie nicht aus der Fassung, denn seine Stimme klang irgendwie sachlich, und Nerissa glaubte sogar, etwas wie Spott darin zu hören.

»Ich hoffe, Sie sind nicht ungehalten darüber, daß ich mir eins Ihrer Pferde habe satteln lassen, ohne Sie vorher um Erlaubnis zu fragen«, sagte sie. »Harry erzählte mir, Sie hätten ihm erlaubt, sich ein Pferd geben zu lassen, wann immer er Lust zum Reiten habe. Und ich dachte, das würde auch für mich gelten.«

»Meine Ställe stehen selbstverständlich zu Ihrer Verfügung«, sagte der Duke. »Aber wo ist Harry?«

»Er lag noch in Morpheus Armen, als ich ihn verließ. Ich brachte es nicht übers Herz, ihn zu wecken.«

Der Duke ließ ein kurzes Lachen hören.

»Das ist die Strafe, die man für lange Nächte, schöne Frauen und unberechenbares Kartenglück zu zahlen hat!«

Nerissa rang nach Luft. Dann sagte sie:

»Sie wollen damit hoffentlich nicht sagen, daß Harry in der vergangenen Nacht gespielt hat!«

Ihre Stimme klang derart entsetzt, daß der Duke sagte:

»Es hört sich an, als hätte ich Sie schockiert.«

»Nicht schockiert«, antwortete Nerissa, »aber beunruhigt.«

Sie machte eine Pause, ehe sie hinzufügte:

»Bitte, Euer Gnaden, lassen Sie nicht zu, daß Harry etwas so Verrücktes tut und Karten spielt oder irgendwelche Wetten abschließt! Er kann es sich nicht leisten.«

»Geht es Ihnen wirklich so schlecht?«

»Wir sind arm wie die Kirchenmäuse«, erwiderte

Nerissa. »Harry besitzt im Augenblick zwar ein wenig Geld, aber er muß Jahre damit auskommen.«

Ihre Stimme zitterte. Es war ein schrecklicher Gedanke für sie, daß Harry so dumm sein könnte und sein Geld beim Kartenspiel verlor. Er würde sich dann kein Pferd kaufen können und auch nicht die Dinge, von denen er schon so lange träumte.

Sie merkte nicht, daß der Duke sie beobachtete, bis er sagte:

»Sie sagten, Harry habe im Augenblick ein wenig Geld. Doch da jeder Mensch eine andere Vorstellung von Armut oder Reichtum hat, denke ich mir, bei dem exzellenten Essen und dem vorzüglichen Wein, die ich bei Ihnen genießen durfte, können Sie doch unmöglich am Hungertuch nagen.«

In seiner Stimme lag ein sarkastischer Ton, der Nerissa verriet, daß er glaubte, sie würde übertreiben. Deshalb sagte sie rasch:

»Der Abend, an dem Sie bei uns speisten, war ein sehr außergewöhnlicher Abend, Euer Gnaden.«

»In welcher Beziehung?«

Zu spät erkannte Nerissa, daß sie das nicht hätte sagen dürfen. Verzweifelt fragte sie sich, was sie ihm auf seine Frage antworten sollte.

Als hätte er die Antwort selbst gefunden, sagte er:

»Verzeihen Sie mir, wenn ich unrecht habe. Aber vielleicht wurde das Dinner, das Sie so vorzüglich zubereitet haben, von Ihrer Schwester besorgt.«

Das Blut stieg Nerissa in die Wangen. Als sie verlegen den Blick senkte, wußte er, daß er mit seiner Vermutung richtig lag.

»Und waren Ihre Diener wirklich plötzlich erkrankt?« fragte er dann.

Nerissa wurde von einem Gefühl der Panik ergriffen.

»Bitte!« stieß sie hervor. »Sie dürfen mir keine solche Fragen stellen. Und nun, da unsere Pferde sich wieder etwas verschnauft haben, könnten wir eigentlich weiterreiten.«

»Natürlich, wenn das Ihr Wunsch ist«, stimmte der Duke zu. »Aber Sie haben mich neugierig gemacht. Vor allem deshalb, weil ich keine Ahnung von Ihrer und Ihres Bruders Existenz hatte, bis Sie beide dann auf eine höchst merkwürdige Art und Weise für mich Gestalt annahmen und ich nun an einem sehr ungewohnten Ort wieder daran erinnert werde.«

Seine Worte beunruhigten Nerissa, und sie sagte:

»Bitte, Euer Gnaden, würden Sie diese Unterhaltung vergessen? Und versprechen Sie mir, daß Sie Delphine gegenüber niemals auch nur ein Wörtchen davon erwähnen!«

»Das hört sich ja an, als hätten Sie Angst vor Ihrer Schwester«, versetzte der Duke mit einem forschenden Klang in der Stimme.

»Meine Gefühle können für Eure Gnaden nicht von Interesse sein – so oder so nicht«, antwortete Nerissa ausweichend.

Dann erkannte sie, daß sie die Dinge mit jedem Wort, das sie sagte, nur schlimmer machte. Sie berührte das Pferd leicht mit der Reitpeitsche, und es setzte sich mit einem Sprung in Bewegung.

Sekunden später hatte der Duke sie eingeholt, und sie ritten Seite an Seite den Weg zurück.

Nerissa beschleunigte das Tempo des Braunen und versuchte dem Duke davonzureiten.

Sie wußte, daß dies unmöglich war, doch etwas in ihr trieb sie dazu, ihn herauszufordern.

Sie wollte sich vor ihm beweisen, obwohl sie nicht wußte, warum. Sie hatte einfach das Bedürfnis, ihm zu zeigen, daß sie kein Nichts war, keine Null, sondern jemand, mit dem er rechnen mußte – wenigstens beim Reiten.

Natürlich gelang es ihr nicht, ihn abzuhängen. Er war zu gut für sie. Und als er schließlich seinen Rappen zügelte, war er ihr um eine halbe Pferdelänge voraus.

Das Rennen hatte etwas Erregendes für Nerissa. Ihre Augen sprühten, und ihr Haar umgab ihr Gesicht wie züngelnde Flammen.

»Ich habe noch nie ein so wundervolles Pferd geritten!« rief sie, nachdem sich ihr Atem etwas beruhigt hatte. »Danke! Danke! Es war ein herrliches Erlebnis, das ich nie vergessen werde.«

»Ich hoffe, dies wird nicht das einzige Erlebnis bleiben, woran Sie gerne zurückdenken«, bemerkte der Duke trocken.

»Das glaube ich kaum«, erwiderte Nerissa. »Ich wünschte nur, ich könnte immer so weiterreiten. Reiten bis ans Ende der Welt – und nie aufhören!«

Der Duke lachte leise.

»Ich glaube, die Freude am Reiten läßt mit der Zeit nach, auch wenn einem die herrlichsten Tiere zur Verfügung stehen«, sagte er. »Es ist nicht genug fürs Leben, wenn es nicht noch andere Dinge gibt, die einen erfreuen.«

»Sie sagen das, weil Sie wohlhabend sind«, widersprach Nerissa. »Aber für den gewöhnlichen Sterblichen genügt eine wundervoller Erfahrung, um ihn glücklich zu machen und – wenn Sie mir das auch nicht glauben wollen – seinem Leben einen Sinn zu geben.«

»An diesem Punkt, Miß Stanley, müßten Sie eigentlich von der Liebe sprechen. Nur die Liebe, wurde mir versichert, vermag das Leben des Menschen so zu verklären, daß er nichts anderes mehr braucht, um glücklich zu sein.«

»Das stimmt«, gab Nerissa ihm recht. »Mama hat es nie etwas ausgemacht, daß sie kein Pferd haben, nicht nach London fahren und sich keine eleganten Kleider kaufen konnte – einfach weil sie mit Papa glücklich war.«

»Und das wünschen Sie sich auch«, sagte der Duke. »einen Mann, der Ihr Leben mit Liebe erfüllt und daneben alles andere unwichtig und bedeutungslos erscheinen läßt.«

Schweigen entstand, während sie den Reitweg verließen. Nerissa dachte über seine Worte nach.

Sie suchte nach einer Antwort, denn er hatte ernst gesprochen, und in seiner Stimme hatte nicht die leiseste Spur von Spott mitgeklungen.

Fast war ihr, als unterhielte sie sich mit ihrem Vater, wie es dann und wann geschah, wenn er etwas Zeit für sie fand.

Schließlich erwiderte sie unbefangen:

»Ich glaube, im stillen wünsche ich mir tatsächlich, ich wäre verheiratet und hätte ein eigenes Heim. Aber im Grunde genommen ist es der Mensch, mit dem man sein Leben teilt, auf den es ankommt. Er allein zählt.

Alles andere ist – wie Sie vorhin schon sagten – völlig bedeutungslos.«

Sie dachte an Delphine. Delphine hatte Lord Bramwell nur geheiratet, weil er reich war. Und schon bald hatte sie offen zugegeben, daß er sie als Partner und Mann tödlich langweilte.

»Denken Sie an eine bestimmte Person, mit der Sie dieses Eldorado teilen möchten?« wollte der Duke wissen.

Seine Stimme war nun wieder voller Zynismus und Spott, und Nerissa lachte hell auf.

»Da Sie es sind, der das Thema zur Sprache bringt, kam mir tatsächlich der Gedanke, mein Leben mit dem Gentleman zu verbringen, der neben mir reitet. Ich bin sicher, das Zusammenleben mit Ihnen dürfte weit vielversprechender und aufregender sein als das mit einem anderen Mann.«

»Wir reden nicht von irgendeinem anderen Mann, Miß Stanley. Wir reden von jemand Bestimmten, den Sie lieben und der natürlich auch Sie liebt.«

Nerissa glaubte, er würde wieder spotten, und deshalb sagte sie:

»Sie geben mir das Gefühl, viel zu jung und unerfahren zu sein, um über diese Dinge zu sprechen. Lassen wir das Thema also fallen. Reden wir von Ihren Pferden.«

»Nun weichen Sie mir aus und beenden ein Gespräch, das ich äußerst faszinierend finde«, sagte der Duke vorwurfsvoll.

»Aber irgendwie auch sehr einseitig«, entgegnete Nerissa, ohne zu überlegen. »Schließlich sind Sie Fachmann auf diesem Gebiet, während mir darin jedes Wissen und jede Erfahrung fehlen.«

»Sie waren noch nie verliebt?«

»Wir leben ziemlich ruhig in Queen's Rest«, parierte Nerissa. »Die einzigen männlichen Wesen, die Papa besuchen, sind sehr alt, sehr gelehrt, und ihr ganzes Interesse konzentriert sich eher auf Mörtel und Ziegel als auf junge Mädchen.«

Der Duke lachte.

Dann wurde er wieder ernst und sagte:

»Das ist eine sehr traurige Geschichte, die Sie mir da erzählen, Miß Stanley. Aber zumindest in diesen Tagen haben Sie die Möglichkeit, Versäumtes nachzuholen und sich der Gesellschaft einer großen Anzahl von Gentlemen zu erfreuen, die sehr aufgeschlossen sind für Frauenschönheit.«

»Wir sind zu einer Pferdeschau hergekommen, Euer Gnaden«, sagte Nerissa ohne zu überlegen.

Wieder lachte der Duke.

Sie ritten in Richtung Lyn und durchquerten einen wundervollen Wald, der, wie Nerissa dachte, von Elfen und Gnomen und Drachen bevölkert sein mußte, von denen sie als Kind geträumt hatte.

Plötzlich erreichten sie einen See, der von Trauerweiden umgeben war und an dessen Ufer wilde Iris wuchsen.

»Als Junge habe ich fest daran geglaubt, daß dieser Ort verzaubert wäre«, sagte der Duke unerwartet. Nerissas Augen weiteten sich erstaunt, bevor sie sagte:

»Diesen Eindruck habe ich auch von Ihrem Wald.« Sie lächelte versonnen, dann fuhr sie fort: »Aber eigentlich ergeht es mir immer so, wenn ich im Wald bin. Er kommt mir wie eine andere Welt vor, die wir nur betreten können, wenn wir unsere eigene Welt verlassen.«

»Ist das etwas, das Sie oft tun – in den Wald gehen?«

»Wann immer ich kann«, erwiderte Nerissa schlicht. »Aber ich habe nicht sehr viel Zeit für solche Spaziergänge.«

Der Duke schaute sie fragend an.

»Papa ist sehr einsam seit Mamas Tod«, erklärte sie.

»Und obwohl er völlig in seine Bücher und seine Arbeit versunken ist, spricht er mit mir gerne darüber und liest mir vor, was er am Tag geschrieben hat. Manchmal kann ich ihm sogar ein wenig helfen. Außerdem ist da der Haushalt, der viel Zeit beansprucht.«

Die Lippen des Duke verzogen sich kaum merklich, als er sagte:

»Ich war sehr skeptisch, als ich von dem Dienerehepaar hörte, das an jenem Abend plötzlich erkrankt sein sollte. Und auch an die Freunde konnte ich nicht recht glauben, die Sie frühzeitig verlassen hatten, weil dort die Masern ausgebrochen waren.«

Nerissa stieß einen leisen Schrei aus.

»Ich bat Sie doch, es zu vergessen«, sagte sie. »Sie bohren und bohren – und das ist etwas, das Sie nicht tun sollten.«

»Aber warum denn nicht?«

»Weil Delphine sehr . . .«

Sie verstummte.

Da er sie völlig aus der Fassung gebracht hatte, war sie drauf und dran gewesen, sich zu verraten und ihm zu sagen, daß Delphine sehr böse wäre, wenn sie erführe, daß er sich durch die Scharade, die sie bei seinem Besuch in Queen's Rest aufführten, nicht hätten täuschen lassen.

»Bitte . . .« bat sie, »versprechen Sie mir, daß Sie Delphine nichts von unserer Unterhaltung verraten.«

»Ich dachte, dieses Versprechen hätte ich Ihnen schon gegeben«, erwiderte der Duke. »Ich möchte, daß Sie mir vertrauen, Nerissa. Ich werde nichts sagen oder tun, womit ich Sie oder Harry in Schwierigkeiten bringen könnte. Solche Dinge liegen mir grundsätzlich nicht, ich verabscheue sie sogar.«

Stille.

Betreten blickte Nerissa zur Seite. Erst nach einer Weile sagte sie:

»Es ist ziemlich schwierig, und ich wünsche mir so sehr, daß Papa und Harry den Aufenthalt hier in vollen Zügen genießen, ohne es später bereuen zu müssen.«

»Und Sie fürchten, dazu könnte es kommen?«

»Nur wenn Sie mir Angst machen«, antwortete Nerissa.

»Gut, dann verspreche ich Ihnen, nichts zu tun, was Sie ängstigen könnte«, sagte er. »Ich möchte, daß Sie sich auf Lyn amüsieren, Nerissa. Und ich denke, das sollte eigentlich nicht allzu schwierig für Sie sein.«

»Nein, das sollte es wirklich nicht«, gab Nerissa ihm recht. »Es ist sehr, sehr liebenswürdig von Ihnen, uns eingeladen zu haben.«

Ein neues Schweigen folgte.

Dann sagte der Duke zögernd:

»Ich glaube, es ist Zeit, daß wir weiterreiten. Wenn

ich mich nicht irre, haben Sie inzwischen sicherlich Hunger bekommen.«

»Ja, das stimmt, ich freue mich direkt auf das Frühstück«, antwortete Nerissa lächelnd.

Bald darauf verließen sie den Wald und ritten im Trab durch den Park auf die Burg zu.

Als sie vor ihnen auftauchte, dachte Nerissa, daß nichts schöner und unirdischer sein konnte als dieses Bauwerk.

Sie dachte auch, daß der Duke genau der richtige Mann war für dieses Haus, denn er sah selbst aus wie jemand, der aus einem Märchen entstiegen zu sein schien.

Sie hatten eine ganze Weile geschwiegen. Plötzlich fragte der Duke:

»Denken Sie über mein Haus nach?«

»Ja, über das Haus und über Sie.«

»Und zu welchem Ergebnis sind Sie gekommen?«

»Daß weder Ihr Haus noch Sie selbst Wirklichkeit sind. Daß ich nur in einen meiner Träume geraten bin.«

Der Duke lachte.

»Ich werde dies als eins der nettesten Komplimente werten, die man mir jemals gemacht hat. Und Träume werden ab und zu sogar wahr.«

Nerissa blickte wieder zur Burg hinüber.

Dann sagte sie:

»Ich meine, wer immer Lyn erbaut haben mag, hat dazu nicht nur seinen Verstand benutzt, sondern auch sein Herz und seine Seele. Niemals sonst wäre daraus etwas so Vollkommenes geworden, etwas, das so irdisch und göttlich zugleich ist.«

Sie hatte mehr zu sich selbst gesprochen. Erst als ihr

bewußt wurde, daß der Duke sie anschaute, hatte sie das Gefühl, sehr überschwenglich gewesen zu sein.

»Ich . . . es tut mir leid«, sagte sie schnell. »Aber Sie wollten wissen, was ich empfinde.«

»Sie haben genau das gesagt, was ich hören wollte«, antwortete der Duke ruhig.

Schweigend ritten sie weiter, bis sie vor dem Hauptportal anlangten.

*

Die Pferdeschau war für Harry der Höhepunkt seines bisherigen Lebens. Und da er sich zusammen mit Nerissa die Pferde angesehen und ihr alles erklärt hatte, was sie wissen wollte, war es ein wundervoller Vormittag gewesen.

Erst am späten Nachmittag begegnete Nerissa ihrer Schwester, die ihr bis dahin ganz offensichtlich ausgewichen war.

Delphine kam auf sie zu und sagte:

»Nerissa, hier ist jemand, der ganz versessen darauf ist, dich kennenzulernen. Ich mußte ihm versprechen, dich in aller Form mit ihm bekannt zu machen.«

Neben Delphine stand ein Gentleman mit einem buschigen Schnurrbart und in militärischer Haltung, der Nerissa schon am Abend zuvor aufgefallen war. Wenn sie ehrlich war, hatte sie ihn nicht sonderlich sympathisch gefunden.

Bei Tisch hatte er in ihrer Nähe gesessen und sich durch lautes Lachen und abfällige Bemerkungen über die anderen Gäste unangenehm bemerkbar gemacht. Nerissa hatte sich an ein Wort ihrer Mutter erinnert, die einmal gesagt hatte, daß man in Gegenwart anderer weder flüstern noch hinter vorgehaltener Hand sprechen sollte.

»Solche Menschen verraten eine schlechte Kinderstube«, pflegte Mrs. Stanley zu sagen. »Sie legen Manieren an den Tag, die eines Gentlemans einfach unwürdig sind.«

Delphine nannte nun den Namen des Mannes.

»Sir Montague Hepban«, sagte sie zu Nerissa. Dann wandte sie sich zu ihrem Begleiter um. »Und das, Montague, ist, wie du bereits weißt, meine jüngste Schwester Nerissa.«

»Deren Bekanntschaft zu machen mein sehnlichster Wunsch ist«, sagte Sir Montague mit öliger Stimme. »Ich hätte gestern abend gern mit Ihnen getanzt, aber leider waren Sie plötzlich verschwunden. Meine Suche nach Ihnen blieb erfolglos.«

Delphine lachte.

»Das paßt so gar nicht zu Ihnen, Montague«, sagte sie. »Ich glaubte, Sie würden immer Ihr Ziel erreichen.«

»Das tue ich auch«, antwortete Sir Montague. »Sie müssen mir allerdings die erforderliche Zeit dazu lassen.«

Delphine entfernte sich, und Nerissa war mit dem Mann allein.

»Haben Sie nicht auch genug von dieser Pferdeschau?« fragte er. »Wenn ja, schlage ich vor, sollten wir uns an einen ruhigen Ort zurückziehen, wo ich ungestört mit Ihnen reden und Ihnen verraten kann, wie hingerissen ich von Ihrem anbetungswürdigen kleinen Gesicht bin.«

Die Art, wie er sprach, kam Nerissa ziemlich unglaubwürdig und – wie Harry es ausdrücken würde – schleimig vor.

Sie kam daraufhin zu dem Urteil, daß sie diesen Mann nicht mochte. Gleichzeitig aber wußte sie, daß sie ihn für den Rest des Nachmittags nicht mehr loswerden würde.

Es würde zumindest sehr schwierig sein, sich ihm zu entziehen. Sie kannte einfach zu wenig Leute, und obwohl er selbst mit jedem sprach, der ihnen entgegenkam, blieb er bei niemandem stehen. Er nahm ihren Arm und führte sie durch die Menschenmenge, bis Nerissa feststellte, daß sie die Pferdeschau verlassen hatten und zum Haus zurückgingen.

»Ich möchte noch nicht hineingehen«, sagte sie. »Ich bin sicher, es gibt eine Reihe von Dingen, die ich noch nicht gesehen habe.«

»Wir haben beide genug gesehen!« entschied Sir Montague. »Die Hauptdarbietungen sind sowieso vorbei. Wie Sie sehen, überreicht der Duke soeben mit jener wichtigtuerischen Aufgeblasenheit die Preise, die bei derartigen Anlässen üblich sind.«

Nerissa hatte den Eindruck, es sollte eine witzige Bemerkung sein, obwohl sie sie für äußerst taktlos hielt.

Schweigend ging sie weiter. Sie glaubte, es wäre peinlich, wenn sie zu hartnäckig auf der Rückkehr zum Ausstellungsgelände bestand. Hinzu kam, daß ihr sehr heiß war und ihr vom vielen Umhergehen die Füße weh taten.

»Im Haus gibt es bestimmt etwas Kühles zu trinken«, sagte Sir Montague. »Und wenn Sie danach immer noch Lust haben, etwas zu besichtigen, werde ich Ihnen die Orchideen im Gewächshaus zeigen. Übrigens glaube ich, die Rosen, die Sie gestern abend im Haar trugen, hätte man keinem besseren Zweck zuführen können als dem, ihr apartes Köpfchen zu zieren.«

»Wenn wir schon ins Haus zurückkehren«, sagte Nerissa ungerührt, »möchte ich auf mein Zimmer gehen und mich umkleiden. Es war heute nachmittag sehr heiß, und ich freue mich auf nichts mehr, als auf ein erfrischendes Bad vor dem Dinner.«

»Ich wünschte, es wäre mir vergönnt, Ihnen dabei zuschauen zu können«, bemerkte Sir Montague grinsend.

Nerissas Haltung versteifte sich.

Was er da gesagt hatte, war eine Beleidigung, auch wenn es als Scherz gemeint war.

Dann sagte sie sich, daß sie selbst die Schuld daran trug. Weshalb hatte sie auch das Bad erwähnt?

»Sie müssen mir unbedingt von sich erzählen«, sagte Sir Montague. »Es ist mir unbegreiflich, daß jemand so jung und reizvoll aussehen kann. Sie kommen mir vor wie Persephone, die jedem den Frühling bringt, der sie erblickt.«

Bei diesen Worten hatte Sir Montague seine Hand wieder unter ihren Arm geschoben, und Nerissa fühlte, wie sich alles in ihr gegen seine Berührung sträubte.

Ekelhaft, dieser Mann! Und was nahm er sich heraus, sich so vertraulich und aufdringlich ihr gegenüber zu verhalten!

Sie sah sich gezwungen, wenn sie keine Szene heraufbeschwören wollte, neben ihm die Freitreppe hinaufzusteigen und die Halle zu betreten.

Als sie die Richtung zum großen Treppenhaus einschlagen wollte, zwang er sie, mit ihm in den Korridor einzubiegen.

Nachdem sie ein Stück zurückgelegt hatten, öffnete er eine Tür, die in einen Aufenthaltsraum führte.

»Ich habe Ihnen bereits gesagt, daß ich mich umkleiden möchte, Sir Montague!« sagte Nerissa.

»Das eilt nicht!« erwiderte er. »Außerdem denke ich gar nicht daran, Sie jetzt gehen zu lassen, nachdem ich so lange gebraucht habe, Sie endlich zu finden. Kommen Sie, nehmen Sie Platz und erzählen Sie mir von sich!«

»Da gibt es nichts zu erzählen«, entgegnete Nerissa. »Kennen Sie meine Schwester schon lange?«

»Ihre Schwester leuchtet wie ein Stern in der Glitzerwelt der Londoner Gesellschaft. Wir alle liegen ihr anbetend zu Füßen.«

»Sie ist sehr schön.«

»Das sind Sie auch!«

Sir Montague zog sie zu einem Sofa, und weil sie sich unmöglich gegen ihn zur Wehr setzen konnte, ohne noch enger mit ihm in Berührung zu geraten, setzte sich Nerissa.

Er ließ sich neben ihr nieder und rückte unangenehm nahe an sie heran. Er legte den Arm auf die Rückenlehne des Sofas, so daß er ihre Schultern berührte.

Nerissa setzte sich kerzengerade auf, und in der Hoffnung, ihn abzulenken, sagte sie:

»Ob es nicht möglich ist, etwas Tee zu bekommen? Ich bin sehr durstig.«

»Das bin ich auch«, sagte Sir Montague. »Doch auf Tee müßten wir viel zu lange warten. Ich bin sicher, es gibt hier irgendwo einen Getränketisch. Unser Gastgeber ist sehr großzügig, wie ich gerne zugebe. Seine Gäste brauchen wahrhaftig keinen Durst zu leiden.«

Er erhob sich und ging zu einem Tisch in der Ecke, auf dem ein Tablett mit verschiedenen Karaffen stand. Auch eine Flasche Champagner lag in einem mit Eisstücken gefüllten Sektkühler.

Sir Montague goß zwei Gläser ein und kehrte damit zu Nerissa zurück.

Sie überlegte fieberhaft, wie sie ihm entfliehen könnte, ohne es zu einer unangenehmen Szene kommen zu lassen.

Er ließ sich wieder neben ihr auf dem Sofa nieder und hob sein Glas.

»Auf Ihre wunderschönen Augen«, sagte er. »Das ist ein sehr ernst gemeinter Toast, den ich ausbringe. Denn von dem Augenblick an, da ich Sie zum ersten Mal sah, wußte ich, daß Sie die Frau sind, auf die ich mein Leben lang gewartet habe.«

»Ich bin ganz sicher, daß dies nicht stimmt«, sagte Nerissa. »Tatsächlich haben Sie gestern abend kaum Noitz von mir genommen, obwohl Sie eben behauptet haben, Sie hätten nach dem Dinner mit mir tanzen wollen.«

Nerissa erinnerte sich noch genau an Sir Montagues Verhalten beim Abendessen, wie er sich vor der Lady zu seiner Rechten, die ungewöhnlich attraktiv war und in ihrem roten Haar ein Smaragddiadem trug, regelrecht aufgespielt hatte.

Als sich die Gentlemen später nach dem Port wieder zu den Ladys gesellten, war er sofort zu ihr geeilt und hatte ihr ganz offensichtlich vieles zu sagen gehabt.

Aber warum, so fragte sich Nerissa, benahm er sich plötzlich so anders? Weshalb bemühte er sich auf einmal so auffallend um sie und nicht mehr um die rothaarige Schönheit?

Plötzlich wußte sie die Antwort.

Es war Delphine! Delphine mußte ihn angestiftet haben, ihre jüngere Schwester vom Duke fernzuhalten.

Delphine, die vielleicht schon erfahren hatte, daß sie, Nerissa, und der Duke sich an diesem Morgen in aller Frühe beim Morgenritt getroffen hatten.

Diese Vermutung erschien Nerissa zwar ein wenig weit hergeholt vor, doch völlig abwegig war sie nicht. Jedenfalls war Delphine auf der Hut und hatte wohl beschlossen, kein Risiko einzugehen.

Ein Gefühl der Angst beschlich Nerissa.

Sie setzte das Champagnerglas hin, an dem sie nur genippt hatte, und bevor Sir Montague sie daran hindern konnte, war sie aufgestanden.

»Sie waren sehr freundlich«, sagte sie, »doch nun muß ich gehen und mich um meinen Vater kümmern. Ich weiß, die Pferdeschau interessiert ihn nicht sonderlich. Er wird müde sein. Außerdem gibt es einiges, über das ich mit ihm reden muß.«

»Auch ich möchte über einiges reden – mit Ihnen«, erwiderte Sir Montague. »Und deshalb werde ich dafür sorgen, daß wir beim Dinner heute abend nebeneinandersitzen. Und anschließend werden wir zusammen tanzen. Oder, falls Sie es vorziehen, kann ich Ihnen auch einige Teile des Hauses zeigen, die sie noch nicht kennen.«

»Danke, sehr freundlich von Ihnen«, sagte Nerissa unverbindlich.

Während er sprach, hatte er sich erhoben, und als sie auf die Tür zugehen wollte, verstellte er ihr den Weg.

»Bevor Sie gehen, möchte ich Ihnen sagen, wie schön Sie sind und wie verführerisch ich Ihre Lippen finde.«

Nerissa erstarrte. Sie wollte zurückweichen, doch er hatte bereits die Arme um sie gelegt und sie an sich gezogen.

»Ich glaube, Sie sind noch nie geküßt worden, und ich habe mir vorgenommen, der erste zu sein, der das Vergnügen hat«, stieß Sir Montague heftig hervor.

»Nein, nein!« schrie Nerissa entsetzt.

Sie versuchte sich zu wehren, hämmerte mit beiden Fäusten gegen seine Brust. Doch er war zu stark für sie.

Erneut wurde sie von Panik erfaßt.

Himmel, er hatte sie in seiner Gewalt, und sie würde sich nicht daraus befreien können.

»Bitte, bitte! Das dürfen Sie nicht tun!«

»Du wirst mich nicht daran hindern!« keuchte Sir Montague. »Ich will dich küssen, Nerissa. Seit langer Zeit habe ich mir nichts so sehr gewünscht als dies.«

Er preßte sie enger an sich und beugte sich zu ihr herab. Verzweifelt warf Nerissa den Kopf hin und her.

Doch entsetzt mußte sie einsehen, daß sie ihm ausgeliefert war – hilflos und ohnmächtig.

Es war nur noch eine Frage von Sekunden, bis sein Mund den ihren berührte.

»Lassen Sie mich sofort los!« rief sie.

Dann, als er sie noch fester an sich zog, stieß sie einen gellenden Schrei aus.

»Du gehörst mir, kleine Frühlingsgöttin!« triumphierte Sir Montague.

Wieder schrie Nerissa.

»Was geht hier vor, und wer schreit da?« klang plötzlich von der Tür her eine kalte gebieterische Stimme.

Es war der Duke.

Nerissa war gerettet.

Sir Montague ließ die Arme sinken, als Nerissa sich aus der Umklammerung befreite.

Sie lief auf den Duke zu, der in seinem Reitdreß überwältigend groß und furchteinflößend im Türrahmen stand.

Ohne zu überlegen streckte sie die Hände nach ihm aus, um sich an ihn zu klammern. Dabei war ihr bewußt, daß sie am ganzen Körper zitterte.

Sekundenlang sprach keiner ein Wort. Schließlich sagte der Duke:

»Ich habe mich gefragt, weshalb du die Pferdeschau schon so früh verlassen hast, Hepban. Und Silvia erging es genauso.«

»Wie du aus eigener Erfahrung weißt, hat man manchmal genug von einer Sache«, antwortete Sir Montague gereizt.

»Der Meinung ist Miß Stanley offensichtlich auch«, gab der Duke eiskalt zurück.

Beim Klang ihres Namens wußte Nerissa endgültig, daß die Gefahr vorüber war. Sie sagte sich, es sei das beste, wenn sie den Raum so schnell wie möglich verließ.

Sie stieß einen unartikulierten Laut aus, löste sich von der Seite des Duke und eilte durch die Tür nach draußen auf den Korridor.

Schweigen herrschte, während die beiden Männer auf die verklingenden Schritte des Mädchens lauschten.

Dann sagte der Duke ausdruckslos:

»Sie ist noch zu jung für diese Art von Spielchen, Montague. Ich rate dir, sie in Ruhe zu lassen!«

»Natürlich, wenn du darauf bestehst«, antwortete Sir Montague. »Es war übrigens nicht meine, sondern Delphine Bramwells Idee. Ich glaube, sie macht sich Sorgen, deine Interessen könnten in eine andere Richtung gehen, als sie es wünscht.«

Sir Montague wartete eine Erwiderung des Duke nicht ab. Kerzengerade verließ er den Raum – eine Haltung, die er immer dann einnahm, wenn er verunsichert war.

Der Duke hatte ein paar Schritte ins Zimmer gemacht. Er blickte dem anderen nicht hinterher, sondern trat gedankenverloren ans Fenster, wo er lange Zeit reglos verharrte.

5

Als Nerissa zum Dinner nach unten kam und den Salon betrat, in dem sich die Gesellschaft versammelt hatte, fühlte sie sich verlegen.

Sie wäre gern auf ihrem Zimmer geblieben, um dem Duke nicht unter die Augen treten zu müssen. Sie schämte sich entsetzlich vor ihm, weil sie so dumm gewesen war, sich von Sir Montague in einen der Aufenthaltsräume schleppen zu lassen.

Sie wußte, es würde fast unmöglich sein, einem Außenstehenden zu erklären, wie schwierig es gewesen war, sich dem Ansinnen dieses Mannes zu widersetzen, ohne eine peinliche Szene heraufzubeschwören.

Ja, und dann hatte sich eine Szene doch nicht umgehen lassen. Und das, was geschehen war, war schlimmer gewesen als alles, was sie befürchtet hatte. Schlimmer und demütigender.

Nerissa hatte für das Dinner unter Delphines Kleidern eines aus einem blaßblauen Gazematerial ausgesucht. Mary war ins Gewächshaus gegangen und mit ein paar zierlichen Orchideen zurückgekommen, die sie ihr ins Haar gesteckt hatte.

Die Blüten waren so schön, daß Nerissa dachte, sie wären eigentlich viel zu schade zum Abschneiden und man hätte sie blühen lassen sollen, solange ihre natürliche Lebensdauer es erlaubte.

Andererseits wußte sie, daß die Blumen im Haar sie nicht so unscheinbar aussehen ließ neben den übrigen weiblichen Gästen, die vor kostbarem Geschmeide nur so funkelten.

Die Gesellschaft war bereits vollständig unter den großen Lüstern versammelt. Der Kerzenschein spiegelte sich auf den Juwelen, den kunstvoll geschminkten Gesichtern und in den leuchtenden Augen der Ladys.

Nirgendwo, dachte Nerissa, konnte es eine attraktivere Versammlung von Menschen geben, denn auch die Gentlemen wirkten beeindruckend. Einer war eleganter gekleidet als der andere, und mit den schwarzseidenen Kniehosen und den hohen, gestärkten Musselinkrawatten sahen sie aus, als ob sie einem Modejournal entstiegen wären.

Nerissa eilte auf ihren Vater zu. Erst als sie bei ihm war, bemerkte sie, daß er sich mit dem Duke unterhielt.

»Ich bin sicher, Euer Gnaden«, sagte Marcus Stanley soeben, »dies ist eines der elisabethanischen Häuser, in denen besondere Feste gefeiert wurden, wie sie nur zur Zeit Königin Elisabeths bekannt waren.«

»Ich kann mich nicht erinnern, jemals zuvor davon gehört zu haben«, bemerkte der Duke.

»Ja, da gab es zunächst einmal das sogenannte Maifest, das Anfang Mai gefeiert wurde«, erklärte Marcus Stanley. »Aber auch andere, wie das Fest der Früchte, das wir heute Erntedankfest nennen, dann das Fest Allerheiligen, und außerdem gab es auch noch ein sogenanntes Blumenfest.«

Bevor der Duke antworten konnte, sagte Delphine, die neben ihn getreten war:

»Welch eine entzückende Idee! Weshalb feiern wir morgen abend nicht eins dieser Feste? Wir könnten uns zum Beispiel alle als Blumen verkleiden, denen wir sowieso ähnlich sind!«

»Das ist keine schlechte Idee!« sagte der Duke langsam.

Mehrere andere Ladys, die der Unterhaltung zugehört hatten, mischten sich ein.

»Aber natürlich! Das wäre umwerfend! Eine herrliche Abwechslung! Und wo gäbe es eine größere Auswahl von Blumen als in den Gärten und Gewächshäusern Seiner Gnaden!«

»Sie stehen zu Ihrer Verfügung«, erklärte sich der Duke bereit. »Aber ich muß darauf bestehen, daß Sie eine Ausnahme machen. Meine Spezialzüchtung von Orchideen im Wintergarten gilt als tabu.«

Während er sprach, ruhte sein Blick sekundenlang auf den kleinblütigen Orchideen in Nerissas Haar. Sie errötete, denn sie glaubte, seine letzte Bemerkung wäre ein gegen sie gerichteter Tadel.

Delphine protestierte wortreich:

»O Talbot«, rief sie, »du hast mir immer versprochen, daß ich deine Star-Orchideen tragen darf, sobald sie blühen. Als ich gestern abend ins Gewächshaus ging, stellte ich fest, daß die Knospen unmittelbar vor dem Aufbrechen sind.«

»Meine Star-Orchideen, wie du sie nennst, sind so kostbar und selten, daß Experten aus ganz England anreisen werden, um sie zu sehen. Es ist das erste Mal, daß jemand diese Sorte auf der Insel züchten konnte.«

»Dann ist es vielleicht sogar ein Fehler, ein Blumenfest in deinem Haus zu feiern«, schmollte Delphine.

Ein Aufschrei der anwesenden Damen folgte auf diese Äußerung.

»Wie kannst du nur so gemein sein, uns um das Vergnügen zu bringen, uns verkleiden und einmal in eine völlig andere Rolle schlüpfen zu können, Delphine!« rief eine von ihnen.

»Außerdem«, fügte eine andere Lady hinzu, »wird unser Gastgeber bestimmt einen Preis für das schönste Kostüm und die schönste Trägerin aussetzen.«

Sie warf Delphine einen boshaften Blick zu, und der Duke sagte rasch:

»Ich bin durchaus bereit, einen solchen Preis auszusetzen. Aber die Siegerin muß durch eine geheime Wahl ermittelt werden, an der alle Gentlemen teilnehmen.«

Die Erregung der Damen entlud sich erneut in kleinen nervösen Schreien. Einer der Gentlemen meinte:

»Na schön, daß wir bei dieser Veranstaltung ebenfalls eine Rolle spielen dürfen. Fast fürchtete ich schon, wir wären völlig davon ausgeschlossen.«

»Ihre Stimmen werden von äußerster Wichtigkeit sein«, versicherte der Duke. »Aber ich denke, wir sollten Marcus Stanley danken, daß er uns einen so wundervollen und originellen Tip gegeben hat.«

Delphine machte immer noch einen mißmutigen und verärgerten Eindruck.

»Ich habe immer davon geträumt, deine Wunderorchideen zu tragen, Talbot«, sagte sie. »Ich kann einfach nicht glauben, daß du so unfreundlich bist, mir meinen Traum zu nehmen.«

Sie sprach mit weicher, einschmeichelnder Stimme, und Nerissa war ein wenig peinlich berührt vom Benehmen ihrer Schwester.

Sie versuchte die Peinlichkeit, die auch von den anderen Gästen bemerkt worden war, zu überspielen und sagte, zu ihrem Vater gewandt:

»Es war wirklich eine großartige Idee von dir, Papa. Und da wir gerade darüber sprechen, fällt mir ein Traum ein, den ich in der ersten Nacht unseres Hierseins hatte.«

»Was für einen Traum?« fragte Marcus Stanley.

»Obwohl er sehr eindringlich war, hatte ich ihn am anderen Morgen wieder vergessen, weil ich mich so auf den Ausritt freute.«

Sie merkte, daß ihr Vater darauf wartete, daß sie mit der Erzählung ihres Traums begann, und fuhr fort:

»Ich träumte, ich wäre in einem der Zimmer hier, und in diesem Zimmer befand sich eine wunderschöne junge Frau, die ganz in Weiß gekleidet war. Sie vergoß bittere Tränen, während sie einen Kranz vom Kopf nahm – ich glaube, er bestand aus Blumen – und ihn in eine Schrankkommode legte, die in der Nähe stand. Ich fand ihr Verhalten äußerst seltsam und war gespannt, was die junge Frau nun machen würde. Aber nachdem sie den Kranz weggelegt und den Schrank wieder verschlossen hatte, barg sie weinend das Gesicht in beide Hände – und verschwand.«

Als Nerissa verstummte, stellte sie fest, daß alle Umstehenden ihren Worten aufmerksam gelauscht hatten.

Dann brach der Duke das Schweigen. Mit einer Stimme, die plötzlich schroff und abwehrend klang, fragte er:

»Wer hat Ihnen diese Geschichte erzählt?«

Nerissa sah ihn erschreckt und aus großen Augen an. Dann antwortete sie:

»Niemand. Es war doch nur ein Traum.«

»Sie mögen die Geschichte geträumt haben, aber vorher hat sie Ihnen jemand erzählt.«

»Nein! Nein, wirlich nicht!«

»Das kann ich kaum glauben«, erwiderte der Duke.

Abrupt wandte er sich ab und verließ ohne ein weiteres Wort den Salon, während Nerissa und die übrigen Gäste ihm konsterniert nachschauten.

Ratlos schaute Nerissa zu ihrem Vater auf.

»Was habe ich gesagt?« fragte sie. »Was habe ich falsch gemacht?«

Marcus Stanley gab ihr keine Antwort, denn plötzlich erfüllte lautes Stimmengewirr den Raum. Niemand mehr zeigte sich beeindruckt von der Reaktion des Duke auf Nerissas Traum. Alle sprachen nur noch von dem Vorschlag, ein Fest zu feiern, auf dem sich die Damen als Blumen verkleideten.

Nur Delphine schien fassungslos darüber zu sein, daß der Duke die Gesellschaft so plötzlich verlassen hatte. Nach einigen Sekunden der Unentschlossenheit eilte auch sie aus dem Raum.

»Ich verstehe es nicht«, murmelte Nerissa und schüttelte ratlos den Kopf.

Eine ältere Dame, Lady Wentworth, die Tante des Duke, die sowohl bei der Pferdeschau als auch im Haus die Rolle der Gastgeberin übernommen hatte, trat auf sie zu, nahm Nerissa bei der Hand und zog sie zu einem Sofa.

»Ich verstehe Ihre Verwirrung über das Benehmen meines Neffen sehr gut, Miß Stanley«, sagte sie.

»Aber was war falsch daran, daß ich über meinen Traum gesprochen habe?« fragte Nerissa unglücklich. »Ich hatte ihn bereits vergessen, bis jemand die Blumenkränze erwähnte. Da plötzlich erinnerte ich mich wieder daran.«

»Ich verstehe«, sagte Lady Wentworth, »aber mein Neffe Talbot ist sehr empfindlich gegenüber allem, was mit dem Familiengeist zu tun hat.«

»Familiengeist?« rief Nerissa.

»Die meisten großen Häuser haben einen Familiengeist.«

Lady Wentworth lächelte.

»Doch der unsere ist unglückseligerweise verbunden mit einem ziemlich unseligen und beunruhigenden Fluch.«

Nerissas Blick wich nicht von Lady Wentworths Gesicht, als diese fortfuhr:

»Während der Regentschaft Karls II. lebte ein Duke, der genauso ausschweifend und liederlich war wie sein König. Er verliebte sich in ein wunderschönes, unschuldsvolles junges Mädchen. Sie heirateten in ihrem Elternhaus und kamen dann nach Lyn, um hier die Flitterwochen zu verbringen. Die Überlieferung will wissen, daß bei ihrer Ankunft auf der Burg eine der früheren Mätressen des Duke auf sie wartete. Eine schöne, aber sehr eifersüchtige Frau.«

Lady Wentworth machte eine Pause und legte die Hand auf Nerissas Arm. Dann setzte sie ihre Erzählung fort:

»Sie machte dem Duke wütende Vorhaltungen, weil

er eine andere und nicht sie geheiratet hatte. An die Braut gewandt, schwor sie, alles zu tun, was in ihrer Kraft stand, um ihr Glück zu zerstören.«

Nerissa gab ein paar unverständliche Laute von sich. Sie sagte jedoch nichts, denn sie wagte es nicht, Lady Wentworth zu unterbrechen.

»Die Braut ließ ihren frischvermählten Ehemann stehen und eilte die Treppe hinauf. Sollte der Duke sehen, wie er mit seiner verflossenen Geliebten zurechtkam. Der Zwischenfall hatte sie in grenzenlose Verzweiflung gestürzt. Sie glaubte, ihr junges Glück wäre dahin, und nahm ihren Brautkranz ab. Sie versteckte ihn irgendwo und stürzte sich aus dem Fenster in den Burghof hinunter.«

Nerissa stieß einen erschreckten Laut aus.

»Wie konnte sie das nur tun?«

»Wenn die Begegnung mit der fremden Frau ihr das Herz gebrochen hatte, so brach ihr Tod das Herz des Duke«, fuhr Lady Wentworth fort. »Er heiratete zwar später ein zweites Mal, wurde jedoch niemals wieder glücklich. Damals entstand die Mär, daß kein regierender Herzog mehr in der Ehe Glück und Liebe erfahren werde, bis zu dem Tag, an dem der Brautkranz der Ducheß wiedergefunden würde.«

»Aber das kann doch nicht wahr sein!« widersprach Nerissa.

»Unseligerweise sprechen die Tatsachen eine andere Sprache«, erwiderte Lady Wentworth. »Wir alle versuchen uns einzureden, es wäre bloßer Zufall. Aber tatsächlich ist noch jedesmal etwas geschehen, um das Glück zwischen dem Herzog und der Herzogin von Lynchester zu zerstören.«

Sie machte eine Pause, als verweilte sie in ihren Erinnerungen. Dann sprach sie weiter:

»Mein Vater zum Beispiel, Talbots Großvater, schien eine sehr glückliche Ehe zu führen, bis seine Frau ihm plötzlich und völlig unerwartet mit seinem besten Freund davonlief. Es gab einen fürchterlichen Skandal, wie Sie sich vorstellen können. Aber man vermochte das Ganze in der Öffentlichkeit zu vertuschen. Sie starb dann auch bald darauf im Ausland.«

Nerissa hatte die Hände zu Fäusten geballt. Fassungslos lauschte sie, als Lady Wentworth fortfuhr:

»Talbots Vater und Mutter waren in unseren Augen lange Zeit das ideale Ehepaar, obwohl ihre Heirat von den Eltern arrangiert worden war. Dann verliebte sich der Duke im Alter unsterblich in eine junge Frau, die auf dem Besitz lebte. Er verbrachte seine Zeit nur noch bei ihr und brach jede Verbindung zu seiner Frau und seiner Familie ab. Sie können sich denken, wie sehr sein Verhalten nicht nur seine Verwandten, sondern auch die ganze Nachbarschaft schockierte!«

»Hat denn nie jemand versucht, den Kranz zu finden, den ich im Traum gesehen habe?« fragte Nerissa. »Die weinende Frau legte ihn in die Schublade einer Schrankkommode.«

»Natürlich hat man das«, erwiderte Lady Wentworth. »Aber ich rate Ihnen, wenn Sie klug sind, meine Liebe, sprechen Sie nie wieder von diesem Traum! Ich habe immer schon befürchtet, daß Talbot unter dem Verhalten seines Vaters sehr gelitten hat. Und obwohl ich sicher bin, daß er zu aufgeklärt ist, um an die Geschichte von der Geisterfrau zu glauben, gehört sie zu den Dingen, über die er nicht reden möchte.«

»Nein, natürlich werde ich nicht mehr darüber reden«, sagte Nerissa. »Es tut mir nur schrecklich leid, daß ich dieses unangenehme Thema überhaupt berührt habe.«

»Sie konnten das ja nicht wissen«, beruhigte Lady Wentworth sie. »Nach Talbots Rückkehr müssen wir nur so tun, als wäre nichts geschehen und nie ein Wort in dieser Richtung gefallen.«

»Ja, ja, selbstverständlich«, murmelte Nerissa.

Sie war todunglücklich darüber, daß sie ungewollt und versehentlich derart bedrückende Erinnerungen geweckt hatte.

Die ganze Geschichte schien unerklärlich und weit hergeholt zu sein. Dennoch wußte Nerissa aus der Arbeit ihres Vaters, daß Geistergeschichten von Generation zu Generation weitergegeben wurden. Es gab zahlreiche Berichte darüber, wieviel von dem, was sie vorhergesagt hatten, eingetreten war. Gewiß, der Zufall mochte dabei oft eine verblüffende Rolle gespielt haben, aber erfüllt hatten sich manche dieser Flüche und Weissagungen tatsächlich.

Wie Lady Wentworth es geraten hatte, erwähnte niemand mehr die Geisterfrau, als der Duke zurückkehrte und das Dinner angesagt wurde. Die Unterhaltung drehte sich ausschließlich um das Blumenfest, begleitet von manch witzigen und scharfzüngigen Äußerungen der Gentlemen.

Nerissa blickte zum Duke hinüber, der hoheitsvoll und majestätisch am Kopfende der Tafel saß. Sie glaubte, eine leichte Düsternis auf seinem Gesicht zu erkennen, fragte sich jedoch, ob die anderen Gäste dies auch bemerkten.

Delphine, die rechts von ihm ihren Platz hatte, tat alles, um ihn vergessen zu lassen, daß es vor dem Dinner eine Mißstimmung gegeben hatte.

Sie zeigte sich in Hochform. Sie plauderte geistreich und sprühte nur so von Einfällen, so daß alle, die an der oberen Tischhälfte saßen, immer wieder in vergnügtes Lachen ausbrachen.

Nach dem Dinner zogen sich die Ladys in den Salon zurück. Sie diskutierten eifrig und aufgeregt die Frage, welche Blume sie darstellen sollten.

Nerissa, die sich nicht an der Unterhaltung beteiligte, sondern nur zuhörte, hatte den Eindruck, daß sich die Damen sogar ein wenig in die Haare gerieten bei der Verteilung der einzelnen Blumenarten.

Aber schließlich war es ja auch nicht völlig gleichgültig, ob jemand Rosen, Lilien, Nelken oder eine andere bekannte und beliebte Blumenart wählte oder eine solche von nur bescheidenem Ansehen. Allein die Wahl der Blume stellte eben schon eine gewisse Vorentscheidung dar.

Delphine gab sich auffallend ruhig, und Nerissa erkannte am Augenausdruck der Schwester, daß diese eine Überraschung plante und sicher war, damit alle Konkurrentinnen aus dem Feld zu schlagen.

Da niemand in der Runde Notiz von ihr nahm, verließ Nerissa das Zimmer und ging den Gang entlang.

Ihr war der Gedanke gekommen, in einigen der Räume, die sie noch nicht kannte, nach der bewußten Schrankkommode zu suchen, die sie in ihrem Traum gesehen hatte und die den unauffindbaren Brautkranz enthalten mußte.

Ganz deutlich stand das Bild der Kommode vor ihrem geistigen Auge.

Die Kommode glich einer Anzahl von ähnlichen Einrichtungsgegenständen, die Nerissa auf Lyn gesehen hatte, obwohl sie bisher noch keine Gelegenheit zur Besichtigung vieler Räume gehabt hatte. Im Grunde waren es lediglich die Zimmer, die von den Gästen benutzt wurden.

Die große Besichtigung von Lyn sollte erst am kommenden Tag sein, an dem der Duke ihrem Vater, wie versprochen, den älteren Teil der Burg zeigen wollte. Besonders die Räume, die sich noch in ihrem ursprünglichen Zustand befanden und seit Jahrhunderten nicht verändert worden waren.

Eines hatte sich Nerissa gemerkt. Vor Einbruch der Dämmerung wurden in jedem Raum der Burg Kerzen entzündet, so daß man sich auch am Abend mit Leichtigkeit in dem riesigen Bauwerk zurechtfinden konnte.

Mary hatte ihr dies bei der Toilette vor dem Dinner mitgeteilt, worauf Nerissa gemeint hatte:

»Das scheint mir aber sehr extravagant zu sein!«

»Das ist es auch, Miß. Kerzen sind sehr teuer, wie jeder weiß. Aber Seine Gnaden ist ein sehr reicher Mann.«

Während Nerissa nun den Korridor entlangging und einmal einen Blick in den einen, dann in den anderen Raum warf, sah sie verschiedene Kommoden. Französische Rundkommoden, Kommoden, die auf japanische Art lackiert oder auf englische Art mit Intarsien versehen waren. Aber keine von ihnen glich derjenigen, die sie im Traum erblickt hatte.

Schließlich, so sagte sie sich, sind die Möbel im

Laufe der Zeit bestimmt oft verstellt oder in andere Zimmer gebracht worden.

Anzunehmen war auch, daß die unglückliche Braut nach der Szene zwischen ihrem Bräutigam und seiner ehemaligen Geliebten in ihre Kemenate gegangen war.

Nerissa stieg also in den zweiten Stock hinauf und befand sich unvermittelt in dem Gang, der, wie sie wußte, zu den Prunkzimmern und zur Gemäldegalerie führte.

Sie hatte schon gehört, wie wundervoll diese Zimmer waren. Ihr Vater hatte bei der Pferdeschau mehrmals davon gesprochen, wie sehr er sich auf die Bilder freute.

Die Galerie war ein großer Raum, erhellt von Kristalleuchtern an der Decke und silbernen Wandleuchtern.

Gebannt und hingerissen bewunderte Nerissa mehrere prachtvolle Van Dycks, bevor sie zu einigen wundervollen Frauenporträts kam, die von Sir Peter Lely stammten, einem Künstler, der – wie Nerissa wußte – zur Zeit Karls II. gelebt hatte.

Vielleicht fand sie darunter das Bildnis der unglücklichen Braut aus ihrem Traum!

Nerissa schöpfte schon Hoffnung, als ihr einfiel, daß es kaum eine Gelegenheit gegeben haben konnte, die Braut zu malen, wenn sie sich bereits am Tag ihrer Hochzeit in den Tod gestürzt hatte.

Nachdenklich betrachtete sie ein Frauenporträt und fragte sich, ob in ihren Zügen eine Ähnlichkeit mit der Weinenden zu erkennen war, die sie dabei beobachtet hatte, wie sie den Kranz aus ihren Haaren nahm und in die Schublade der Kommode legte.

Doch Auge und Gefühl sagten ihr, daß es zwischen diesen beiden Frauen keine Ähnlichkeit gab.

Sie ging zum nächsten Bild. Und im gleichen Augenblick hörte sie Schritte. Jemand hatte die Galerie betreten und kam auf sie zu.

Ihr Herz begann zu rasen, als sie sich umdrehte, um zu sehen, wer es war, der sich ihr näherte.

Es war der Duke.

Nerissa fühlte sich wie ein Kind, das bei etwas Unrechtem ertappt wird.

Die Hände ineinandergekrampft, sah sie ihm entgegen. Dabei schlug ihr Herz so hart in der Brust, daß sie glaubte, der Duke müßte es hören.

Der Duke blickte ernst, und als er sie erreichte, sprach er kein Wort, sondern blickte nur in die angstgeweiteten Augen, die zu ihm aufschauten.

Nach einer Pause sagte sie:

»Ich . . . es tut mir leid – sehr leid.«

»Daß Sie hier sind?« fragte er. »Dafür müssen Sie sich nicht entschuldigen.«

»Nein, nein. Das ist es nicht. Es tut mir leid, Sie beunruhigt zu haben. Es war nicht meine Absicht.«

»Das weiß ich.«

Sie schwiegen, während sie sich reglos gegenüberstanden und in die Augen blickten.

Dann sagte er:

»Können Sie wirklich schwören, bei allem, was Ihnen heilig ist, daß niemand Ihnen die Geschichte von der Braut meines Vorfahren und dem, was am Tag seiner Hochzeit geschehen ist, erzählt hat?«

»Ich schwöre es!« sagte Nerissa ernst. »Es war nur ein Traum, und ich hielt ihn für völlig bedeutungslos.«

»Und nun sind Sie hier, weil Sie hoffen, das Bildnis der Frau zu finden, die Sie in Ihrem Traum gesehen haben.«

»Vielleicht hätte ich das nicht tun sollen«, murmelte Nerissa. »Es ist etwas, das Sie ungehalten macht.«

»Ich bin keineswegs ungehalten. Im Gegenteil, ich bin äußerst neugierig und möchte wirklich wissen, ob Sie das Gesicht, das Sie suchen, gefunden haben.«

Nerissa schüttelte den Kopf.

»Noch nicht«, sagte sie. »Und ich halte es auch für ziemlich unwahrscheinlich, daß sie gemalt wurde, bevor sie die Ducheß war.«

»Das denke ich ebenfalls.«

»Doch ich hielt es für richtig, mich davon zu überzeugen, daß sich ihr Bild nicht unter den Porträts der Herzoginnen von Lyn befindet.«

Wieder folgte ein längeres Schweigen. Dann erwiderte der Duke zögernd, so als scheute er sich, die Worte auszusprechen:

»Ich glaube, in dem Fall wäre es das beste, wir versuchten die Schrankkommode zu finden, von der Sie gesprochen haben. Die Chancen stehen allerdings schlecht. Jede Generation meiner Familie hat zwar nach dem Brautkranz gesucht, aber alle haben die Suche schließlich enttäuscht aufgegeben, wie ich glaube.«

Nerissa blickte zur Seite.

Nach einer Minute sagte sie:

»Sie halten mich vielleicht für aufdringlich, denn es geht mich nichts an. Aber ich kann nicht gegen das Gefühl an, daß es einen Grund geben muß, warum ich diesen Traum hatte.«

»Glauben Sie, ein armer kleiner Geist aus der Vergangenheit hat versucht, sich mit Ihnen in Verbindung zu setzen?«

Die Stimme des Duke hatte einen sarkastischen Klang, der Nerissa nur zu deutlich zeigte, daß er eine solche Möglichkeit völlig ausschloß.

»Wollen Sie mir bitte eine Frage beantworten?« sagte sie schließlich. »Wissen die Geschichten etwas über das, was geschah, als der Duke vom Selbstmord seiner Braut erfuhr?«

»Darüber gibt es verschiedene Versionen«, erwiderte der Duke. »Die eine lautet, daß der Duke dermaßen außer sich war, daß er nie wieder nach Lyn zurückkehrte. Eine andere sagt, daß er sich ebenfalls tötete, weil er glaubte, ohne seine Frau nicht mehr leben zu können.«

Wieder folgte ein langes Schweigen. Nerissa dachte über das Gehörte nach. Schließlich sagte sie langsam:

»Halten Sie es etwa für möglich, daß die Ducheß den Fluch bedauerte, den sie durch ihren Selbstmord über die Familie brachte? Denn letzten Endes handelte sie ja ungerechtfertigt, denn der Duke liebte sie und war ihr keinesfalls untreu gewesen. Glauben Sie nicht, daß sie das Bedürfnis haben könnte, ihre Schuld wiedergutzumachen, indem sie jemandem mitteilt, wo der Brautkranz zu finden ist?«

Nerissa dachte noch über ihre Frage nach, als der Duke sagte:

»In diesem Fall würde sie gewiß nicht zu mir kommen, Nerissa, sondern zu Ihnen. Fest steht also, daß Sie der einzige Mensch sind, der den Fluch aufheben kann – wenn es wirklich so sein sollte.«

Nerissa hielt den Atem an.

Dann flüsterte sie:

»Ein bedrückender Gedanke, sollte ich den Kranz nicht finden können.«

Sie klang so niedergeschlagen, daß der Duke mit völlig veränderter Stimme sagte:

»Ich meine, Sie sollten vernünftig sein. Stellen Sie sich doch einmal vor, wie ein solcher Kranz die lange Zeit ohne Schaden überstanden haben soll. Er ist bestimmt längst zu Staub zerfallen, wenn er aus echten Blumen bestand. Vielleicht wurde er auch gestohlen oder aus Unachtsamkeit weggeworfen. Es gibt Dutzende von Möglichkeiten, wie er verschwunden sein könnte.«

Nerissa gab keine Antwort, und nach einer Weile sagte er:

»Vergessen Sie sämtliche Geister und Spukgeschichten, die sowieso nur in der Phantasie von Menschen existieren, die nicht wissen, worüber sie sonst nachdenken sollen. Kommen Sie, gehen wir wieder zu den anderen, die mit ihrer Scharade beschäftigt sind und glauben, es gäbe im Moment nichts Wichtigeres auf der Welt als die Verwandlung in ihre Lieblingsblume.«

»Ja, Sie müssen zurückgehen, Euer Gnaden. Aber ich würde mit Ihrer Erlaubnis noch gern einen Blick in die Prunkgemächer werfen. Wie ich weiß, befinden sie sich ebenfalls auf diesem Korridor.«

»Wenn es das ist, was Sie möchten, werde ich mitkommen«, entschied der Duke.

Sie verließen die Gemäldegalerie, gingen einige Schritte über den Flur. Dann öffnete der Duke eine der großen Türen und sagte:

»Dies ist das sogenannte ›Königszimmer‹, weil Karl II. hier einmal übernachtet hat. Ich glaube, obwohl ich nicht ganz sicher bin, daß es noch genauso aussieht wie in jenen Tagen.«

Es war in der Tat ein imponierender Raum mit seiner ausgemalten Decke, dem breiten Himmelbett und genau den Möbelstücken, die Nerissa auf Lyn zu sehen erwartet hatte.

An der Stirnwand hingen zwei Ölbilder in schweren Goldrahmen, aber keines davon stellte die Person dar, die sie zu sehen erhofft hatte.

Auf dem Gesicht des Duke erschien ein leicht zynisches Lächeln, als wolle er damit ausdrücken, wie absurd er die ganze Suche fand. Dann öffnete er die Verbindungstür, die in den angrenzenden Raum führte.

»Dies ist das Zimmer der Herzogin«, erklärte er. »Hier wohnten alle Ehefrauen der Herzöge von Lynchester. Allerdings wurden in diesem Raum beträchtliche Änderungen vorgenommen. Zuerst von meiner Großmutter, dann von meiner Mutter. Ich bin sicher, daß kein einziges Stück, das Sie hier sehen, aus der ursprünglichen Einrichtung stammt.«

Es war der schönste Raum, den Nerissa je gesehen hatte. Die Brokatbespannung der Wände verband sich mit dem blauen Himmel des Deckengemäldes, aus dem die Göttin Aphrodite mit ihren Kupidos und Tauben herniederstieg, zu einer wundervollen Einheit.

Kupidos waren auch in die Seidenvorhänge des Himmelbettes eingestickt, und sie versahen als Kerzenhalter ihren Dienst an den Wänden.

Nerissa dachte, daß dieses Zimmer für die Liebe wie geschaffen war.

Gleich darauf befiel sie ein Gefühl der Verlegenheit, weil ihr etwas Derartiges in den Sinn kam. Sie blickte zum Duke auf und stellte fest, daß er sie beobachtete. Jäh fühlte sie, wie ihr das Blut in die Wangen stieg.

»Ich dachte mir, Sie würden hingerissen sein von diesem Zimmer«, sagte er endlich. »Es wird nicht eher wieder benutzt werden, bis ich meine Braut heimführe.«

Und das wird Delphine sein, dachte Nerissa, sprach den Gedanken natürlich nicht aus.

Statt dessen überkam sie ein starkes Bedürfnis, den Duke zu beschützen, so als fürchtete sie, Delphine könnte ihn verletzen, und sie müßte ihn vor Unglück bewahren.

Abrupt, als wollte der Duke über seine zukünftige Ehe kein Wort mehr verlieren, öffnete er eine andere Tür, die zum Boudoir führte, das sich an das Zimmer der Herzogin anschloß.

Auch hier erinnerte alles an die Liebe zwischen Mann und Frau, was vor allem durch zwei wundervolle Ölgemälde von Fragonard und Boucher zum Ausdruck kam.

Das Zimmer war ganz in einem blassen Blau gehalten, das fast die Farbe von Nerissas Augen hatte.

Nerissas Blick wanderte zu den hellbraunen französischen Möbeln, den vergoldeten Louis-Quatorze-Stühlen und der Edelholzkommode mit den riesigen Goldbronzegriffen.

Wieder sagte der Duke im gleichen Tonfall wie zuvor:

»Ich bin sicher, auch hier finden Sie nicht das, was Sie suchen.«

Es ist fast so, dachte Nerissa, als ob es ihm Spaß machte, mir zu beweisen, daß ich unrecht habe und er mit seiner Überzeugung richtig liegt. Ja, in seinen Augen waren Geister- und Spukgeschichten Unsinn, mochten sie ihren Ursprung haben, wo sie wollten.

»Es gibt noch eine Reihe anderer Prunkräume«, sagte er. »Aber ich schlage vor, wir warten damit bis morgen. Ich hoffe nur, daß der Familiengeist bis dahin aufgehört hat, Sie zu beunruhigen, Nerissa.«

Er hatte sie schon einmal mit dem Vornamen angeredet, und es berührte Nerissa eigenartig, ihren Namen aus seinem Mund zu hören, obwohl er ihm eigentlich ganz selbstverständlich über die Lippen gekommen war.

»Der Familiengeist beunruhigt mich überhaupt nicht«, erwiderte sie. »Aber ich habe den Eindruck, daß er Sie beunruhigt, obwohl Sie dagegen ankämpfen.«

»Wie kommen Sie zu dieser Annahme?« stieß er scharf hervor.

»Weil Sie viel empfindsamer gegenüber diesen Dingen sind als andere Männer.«

»Und wer sagt Ihnen, daß ich empfindsam bin?«

Er sprach barsch, und Nerissa stieß einen entsetzten Laut aus.

»Jetzt habe ich Sie verärgert. Das wollte ich wirklich nicht. Sie waren so liebenswürdig zu mir, und ich habe mich noch gar nicht dafür bedankt, daß Sie mich vor Sir Montague gerettet haben.«

»Er hatte kein Recht, sich so zu benehmen«, sagte der Duke. »Doch gleichzeitig war es sehr unklug von

Ihnen, die Pferdeschau mit ihm zu verlassen und ihm zu erlauben, Sie in ein leeres Zimmer zu führen.«

»Ich weiß«, sagte Nerissa unglücklich. »Aber es geschah doch nur, weil ich keine Peinlichkeiten heraufbeschwören und Aufsehen vermeiden wollte.«

»Versprechen Sie mir, daß Sie so etwas nie wieder tun werden«, verlangte der Duke.

»Ich verspreche es – und ich weiß selbst, daß es sehr dumm von mir war.«

Sie klang so zerknirscht, daß der Duke lächeln mußte.

»Aber nun müssen wir zu den anderen zurückgehen, falls wir nicht wollen, daß man sich endlos den Mund über uns zerreißt«, sagte er.

»Ja – natürlich«, stimmte sie zu.

Sie gingen zu der Tür am anderen Ende des Raums.

Der Duke öffnete sie, und Nerissa sah, daß sie sich in einem kleinen Ankleidezimmer befanden, das ursprünglich vielleicht einmal eine Puderkammer gewesen war, wo sich die Damen das Haar pudern lassen konnten, ohne daß der Staub sich überall verteilte.

Auf einem Ankleidetisch über dem herzförmigen Spiegel brannte nur eine Kerze. Sie beleuchtete zwei Kupidos, die ein Wappen trugen.

Nerissa schenkte dem Duke einen dankbaren Blick, als er ihr die Tür zum Korridor öffnete.

Sie wollte die kleine Kammer gerade verlassen, als sie feststellte, daß sich in dem Raum außer dem Ankleidetisch noch ein Schränkchen befand. Es war aus dunklem Holz gefertigt und mit eingelegtem Perlmutt und Korallen verziert.

Ohne einen zweiten Blick wäre sie daran vorbeigegangen, wenn nicht plötzlich eine innere Stimme oder Eingebung sie zurückgehalten hätte.

Ja, es war tatsächlich so, als spräche die Kommode zu ihr. Der Duke, der ihr immer noch die Tür aufhielt, fragte:

»Was ist?«

»Ich glaube«, sagte Nerissa leise, »dies ist das Schränkchen, das ich in meinem Traum gesehen habe.«

Sekundenlang fürchtete sie, der Duke könnte unwillig werden und ihr widersprechen.

Doch er ließ die Tür hinter sich zufallen und kehrte in die Kammer zurück.

»Was macht Sie so sicher?« fragte er.

»Ich fühle es«, erwiderte sie schlicht.

»Man wird es unzählige Male durchsucht haben, denn es hat immer in der Suite der Ducheß gestanden.«

»Es ist das Schränkchen, in das sie den Brautkranz gelegt hat!« beharrte Nerissa. »Ich bin mir ganz sicher.«

Zögernd entzündete der Duke die zweite Kerze auf dem Ankleidetisch, während Nerissa sich der Kommode näherte.

Unwillkürlich begann sie zu beten, daß die unglückselige Braut ihr bei der Suche nach dem verlorenen Kranz helfen möge.

»Die Türen sind offen«, sagte der Duke, als wollte er sie drängen, ihre Bewegungslosigkeit aufzugeben. »Ich kann mir nicht denken, daß jemand sie abgeschlossen hat.«

Nerissa erinnerte sich, daß in ihrem Traum keine Türen vorgekommen waren. Die Braut hatte ihren Kranz in etwas gelegt, das wie eine Schublade aussah.

Eine Schublade über den Türen, denn sie hatte sich nicht bücken müssen.

Doch als sie die Vorderseite der Kommode betrachtete, sah sie keine Schublade, sondern nur das glattpolierte Holz des gewölbten Kommodenaufsatzes, der etwas über den eigentlichen Schrank hinausragte.

Verzweifelt fragte sie sich, ob der Schrank im Laufe der Zeit vielleicht umgebaut worden sei.

Der Duke stand neben ihr und blickte stumm auf sie nieder, während Nerissa die Hände ausstreckte und die lackierte Oberfläche des Kommodenaufsatzes mit den Fingern berührte.

Vorsichtig versuchte sie, den geschwungenen Aufsatz anzuheben, stellte jedoch fest, daß er sich nicht bewegen ließ.

Wieder betete Nerissa, wieder versuchte sie, die tote Ducheß, die vor so langer Zeit auf so tragische Weise aus dem Leben geschieden war, mit ihren Gedanken zu erreichen, während ihre Finger langsam am vorderen Kommodenrand entlangglitten, ohne jedoch die kleinste Erhebung oder irgendeinen Widerstand zu ertasten.

Aber dann hielt sie mitten in der Bewegung inne. Ihre Fingerkuppen hatten die Ecken des Kommodenaufsatzes erreicht. An der rechten Seite spürte sie eine leichte Erhöhung.

Als Nerissa einen Druck auf die Stelle ausübte, fühlte sie eine Bewegung. Sie verstärkte den Druck, und plötzlich ließ sich der Aufsatz ohne große Kraftanstrengung wie ein Deckel aufklappen.

Eine kleine Schublade wurde sichtbar.

Mit zitternden Fingern zog sie die Lade auf. Vor ihr lag der Kranz, den sie suchte.

Sekundenlang war sie wie versteinert. Sie traute ihren Augen nicht. Sie konnte es einfach nicht fassen, daß sie den Kranz gefunden hatte.

Der Duke stellte den Kerzenleuchter auf das Brett über dem Schubfach und holte den Kranz hervor.

Er bestand nicht, wie Nerissa erwartet hatte, aus orangefarbenen Kunstblumen, sondern aus Golddraht, der zu Blumen und Blättern geformt und mit Brillanten und Perlen besetzt war. Es war eine kunstvolle Arbeit, feingestaltet und wunderschön.

Als der Duke das Gebilde hochhielt, damit das Kerzenlicht es erhellte, glitzerten die Steine und Perlen geheimnisvoll, und Nerissa fühlte sich wie verzaubert.

Der Kranz sprach zu ihr, verkündete ihr, daß der Fluch, der auf Lyn gelastet hatte, aufgehoben war und keine Macht mehr hatte. Der Herzog und die Herzogin von Lynchester würden von nun an glücklich sein und ihr Glück genießen können bis ans Ende ihres Lebens.

Ungläubig starrte der Duke zuerst auf den Kranz, dann auf Nerissa.

»Wie konnten Sie das wissen?« fragte er wieder. »Wie konnten Sie finden, was vor Ihnen viele Generationen meiner Familie vergeblich gesucht haben. Natürlich haben nicht alle an die Wahrheit dieser Geschichte geglaubt, manche haben die Suche nur betrieben, um das Ganze, nachdem sie nichts gefunden hatten, als Schwindel abzutun.«

»Aber die Geschichte muß wahr sein. Sonst wäre der Kranz nicht dagewesen.«

»Natürlich ist sie wahr«, gab der Duke ihr recht. »Nun wird die Seele der unglückseligen Braut endlich Ruhe finden und bedarf unserer Hilfe nicht mehr. Die einzige Schwierigkeit ist, wie ich Ihnen danken kann, Nerissa.«

Als kehrte sie plötzlich wieder in die Wirklichkeit zurück, hob Nerissa die Hand und sagte:

»Bitte, bitte, sagen Sie Ihren Gästen nichts davon. Sie werden es nicht verstehen, und ich möchte nicht darüber sprechen.«

»Ja, das verstehe ich«, sagte der Duke mit seiner dunklen Stimme. »Und deshalb, glaube ich, ist es das beste, wenn wir den Kranz jetzt wieder an den Platz zurücklegen, wo er so lange geruht hat. Morgen werden wir dann wieder hierherkommen, um uns zu überzeugen, daß das, was wir entdeckt haben, Wirklichkeit und kein Traum ist.«

»Das ist genau das, was ich Ihnen vorschlagen wollte, Euer Gnaden«, erwiderte Nerissa. »Und – bitte, Sie werden Delphine nichts davon sagen!«

»Nein, natürlich nicht«, versprach er mit fester Stimme. »Ich habe Ihnen doch – was Ihre Schwester betrifft – schon mein Wort gegeben, Nerissa. Ich werde es nicht brechen.«

Nerissa holte tief Luft. Dann sagte sie:

»Ich bin sehr glücklich, daß ich Ihnen helfen konnte.«

»Ja, Sie haben mir wirklich geholfen«, bestätigte der Duke. »Mehr vielleicht, als Sie ahnen können. Aber noch einmal: Wir werden morgen darüber sprechen.«

Er legte den Kranz in die Schublade zurück, und nachdem er den Aufsatz wieder zugeklappt hatte, meinte er mit einem Lächeln:

»Ich nehme an, Sie erinnern sich morgen noch daran, wie die Lade geöffnet wird.«

»An einer Ecke gibt es eine verborgene Entriegelungsvorrichtung. Sie ist so unauffällig und geschickt angebracht, daß sie bisher von niemandem gefunden wurde.«

»Aber Sie haben sie gefunden, obwohl Ihnen niemand etwas davon gesagt hat.«

Nerissa antwortete nicht.

Inzwischen glaubte sie, daß sie dazu bestimmt gewesen war, den Kranz zu finden. Und die tote Ducheß, die ihn versteckt hatte, mußte auf eine Weise, die Nerissa nicht verstand, ihre Hände geführt haben.

»Die Hauptsache ist, daß der Kranz gefunden wurde«, sagte sie. »Und Sie, Euer Gnaden, können nun zuversichtlich sein, daß sie glücklich werden, wenn Sie eine Ehe eingehen.«

»Das ist mein sehnlichster Wunsch«, gab der Duke zur Antwort.

Seine Augen begegneten im Kerzenlicht denen Nerissas.

Sekundenlang vermochte keiner von ihnen den Blick abzuwenden.

Dann wandte der Duke sich um. Er setzte die Kerze wieder auf den Ankleidetisch zurück, und während er das tat, ging Nerissa zur Tür, öffnete sie und trat in den Gang hinaus.

Dabei hatte sie das Gefühl, aus einem Traum zu erwachen und in die Wirklichkeit zurückzukehren.

Und diese Rückkehr fiel ihr schwer. So schwer, daß sich alles in ihr dagegen sträubte.

Sie hatte den Wunsch, zu bleiben. Und wieder fühlte sie die unerklärliche Eingebung, die sie so nachtwandlerisch sicher gemacht und zu der Schrankkommode geführt hatte, in welcher der Brautkranz der unglückseligen Ducheß lag.

Und es gab noch einen Wunsch in ihr, obgleich sie sich sagte, daß sie diesem Wunsch auf keinen Fall nachgeben sollte: Es war der Wunsch, für immer beim Duke zu bleiben.

6

Irgend etwas stimmte nicht. Nerissa vermochte jedoch nicht festzustellen, was es war.

Nach all den erregenden Ereignissen des vergangenen Abends hatte sie geglaubt, es würde ein glücklicher Tag werden. Sie war mit dem Gefühl aufgewacht, die ganze Welt wäre in Licht getaucht, und ihr Herz hatte gesungen vor Freude.

Sie hatte sich mit Harry zum Morgenritt verabredet. Als sie aus der Tür ihres Zimmers in den Korridor trat, wartete er dort bereits auf sie.

Fröhlich gingen sie zu den Ställen und lenkten ihre Pferde sofort zum Reitweg, wo sie die Tiere gleich in einen scharfen Galopp fallen ließen.

Nerissa blickte immer wieder zurück, um zu sehen, ob hinter ihnen nicht die hohe Gestalt des Duke zu sehen war, der sie auf seinem feurigen Hengst bald einholen würde.

Doch obwohl sie den Reitweg mehrmals hinauf- und hinunterritten, gab es keine Spur vom Duke. Schließlich ritten sie durch den Wald, auf demselben Weg, den Nerissa am ersten Morgen ihres Hierseins mit dem Duke genommen hatte, nach Lyn zurück.

Fieberhaft überlegte Nerissa, welchen Grund sein

Fernbleiben haben könnte und ob sie selbst etwas damit zu tun hätte.

Aber dann sagte sie sich, daß ihre Befürchtungen lächerlich seien.

Vielleicht war der Duke müde, weil es in der Nacht zuvor sehr spät geworden war. Vielleicht hielt er es auch für unschicklich, wenn er schon so früh am Morgen erneut mit ihr zusammen war.

Unter Umständen hatte Delphine etwas von ihrem Zusammensein am vergangenen Abend erfahren und ihm eine Szene gemacht.

Es gab so viele Möglichkeiten und Erklärungen, aber keine vermochte Nerissa zu beruhigen.

Auch als sie nach dem Frühstück zum Sonntagsgottesdienst ging, sah sie ihn nicht. Und seine Tante, Lady Wentworth, der sich Nerissa angeschlossen hatte, wußte nicht, wo er war.

Als sie das Haus verließen, war noch keine der weiblichen Partygäste zu sehen gewesen, obwohl einige der Gentlemen bereits im Frühstückszimmer saßen.

Nerissa hatte geglaubt, ihr Vater würde mit zur Kirche gehen, mußte jedoch feststellen, daß er in einem der Aufenthaltsräume saß und sich eifrig Notizen über das machte, was er bis jetzt von Lyn gesehen hatte. Er schaute auf und sagte:

»Du hast doch hoffentlich nicht vergessen, daß der Duke heute die Besichtigung der Burg für uns vorgesehen hat. Wie ich erfuhr, hat er seinen Kurator gebeten, die Führung zu übernehmen. Er verfügt über ein enormes Wissen, speziell was die elisabethanische Stilepoche betrifft.«

Nerissa schalt sich für ihre Einfalt, denn sie hatte

erwartet, daß der Duke sie allein durchs Haus führen würde.

Aber dann erschien er tatsächlich mit seinem Kurator. Und nachdem sie zwei der bedeutenden Räume im alten Teil der Burg besichtigt hatten, wurde er abberufen und kam nicht wieder zurück.

Nerissa versuchte sich auf die elisabethanischen Eigenarten und Bauelemente zu konzentrieren, die gerade in Lyn so deutlich sichtbar waren. Sie stellte jedoch fest, daß ihre Gedanken immer wieder abschweiften.

Wohin war der Duke gegangen?

Lachte und scherzte er mit Delphine, während sie und ihr Vater Lyn besichtigten?

Würde sie noch die Gelegenheit haben, mit ihm zusammen den Brautkranz anzuschauen, wie er es ihr am Abend zuvor versprochen hatte?

Es war etwas, was sie kaum noch erwarten konnte.

Die Besichtigung des Hauses geriet für Nerissa immer mehr zur Enttäuschung.

Mein Gott, wie sehr hatte sie sich darauf gefreut – und nun . . .

Gedankenverloren und gefoltert von Angst und Ungewißheit, folgte sie den beiden Männern von einem Raum zum anderen. Beide merkten nichts davon, wie wenig sie bei der Sache war. Besonders ihr Vater war dafür viel zu sehr in seinem Element. Er stellte unentwegt Fragen und notierte sich die Antworten in seiner dicken Kladde.

Sie wußte, er war überglücklich, endlich einmal jenes Bauwerk zu sehen, das er schon immer bewundert hatte.

Beim Luncheon gab es nur ein Gespächsthema: das Blumenfest, das am Abend stattfinden sollte.

Die Ladys taten alle sehr geheimnisvoll bezüglich ihrer Garderobe. Aber Nerissa war sicher, daß Delphine das Rennen machen und mit einer Sensation aufwarten würde.

Sie hatte angeordnet, daß der Wettbewerb in einem entsprechenden Rahmen ablaufen sollte. Die zwölf Kandidatinnen sollten zunächst auf dem Podium im Ballsaal Aufstellung nehmen und dann eine nach der anderen die Stufen hinuntersteigen und vor die Jury hintreten.

»Das Ganze wird von Musik untermalt werden«, erklärte Delphine. »Und wenn die Aufregung vorüber ist und die Preise verteilt sind, spielt die Kapelle zum Tanz auf.«

Sie schwieg einige Sekunden, dann fuhr sie gewichtig fort: »Der Duke hat einige Freunde aus der Nachbarschaft eingeladen. Ich bezweifle also, daß das Fest der Blumen auf Lyn vor Morgengrauen zu Ende sein wird.«

Die Art, wie sie sprach, machte allen Anwesenden deutlich, daß das Fest ihre Idee und das Ganze ihre Party war. Nerissa dachte, daß ihre Schwester bereits dabei war, ihre Stelle als Ducheß zu beanspruchen und deren Aufgaben und Pflichten wahrzunehmen.

Auch während des Fünfuhrtees sprach man nur über das abendliche Fest. Nerissa wartete vergeblich darauf, daß der Duke ihr ein Zeichen gab, damit sie zusammen zur Puderkammer der Herzogin hinaufgingen, um sich den Brautkranz anzusehen, den sie für ihn entdeckt hatte.

Wenn Nerissa an ihren Fund dachte, kam ihr das Ganze völlig unwirklich und unfaßbar vor. Voller Furcht fragte sie sich, ob nicht alles nur ein Traum war und ob sie nicht eine grauenhafte Enttäuschung erleben würde, wenn sie vor der Schrankkommode stand, sie öffnen wollte und dann plötzlich feststellen mußte, daß es keinen geheimen Öffnungsmechanismus gab – und auch keine verborgene Schublade mit dem Kranz.

Mein Gott, dachte sie, was ist, wenn dieser Kranz aus Goldfiligran und diamantenbesetzten Blumengebilden nur in meiner Vorstellung existiert?

Nach dem Tee belegte ihr Vater sie mit Beschlag. Er war so beeindruckt von dem Tag, daß er unbedingt mit jemandem darüber reden mußte.

Als Nerissa schließlich in ihr Zimmer ging, um sich die Hände zu waschen, fand sie Mary vor, die sie ungeduldig erwartete.

»Ich fürchtete schon, es sei Ihnen etwas zugestoßen, Miß«, rief sie aufgeregt. »Die Gärtner sagten mir, Sie seien die einzige Lady, die sich noch keine Blume ausgesucht hat.«

»Ich zweifle daran, daß für mich überhaupt noch etwas übriggeblieben ist.« Nerissa lächelte.

»Da könnten Sie recht haben, Miß. Die Gärtner sind ganz unglücklich darüber, daß sie Ihnen nur noch wenige Blumen anbieten können.«

»Wo finde ich die Gärtner, Mary?«

»Es ist nur noch ein junger Gehilfe da, Miß. Die anderen sind gegangen, um all die Kränze zu binden und das ganze andere Drum und Dran zurechtzumachen. Sie können sich nicht vorstellen, was sich die Ladys alles ausgedacht haben und wie phantastisch sie bei ihrem Auftritt aussehen werden – wie die Figuren aus einem Puppenhaus, würd' ich sagen.«

»Ich brauche nicht viel, Mary«, erklärte Nerissa.

Doch weil Mary sie drängte, ging sie hinunter in den Flur im Erdgeschoß, wo der Gärtnergehilfe in dem Raum auf sie wartete, den man eigens als Blumenzimmer eingerichtet hatte.

Wie Mary vorausgesagt hatte, war kaum noch etwas für sie übriggeblieben.

Die Gärtner hatten an Blumen herbeigeschafft, was Garten und Gewächshäuser boten. Und die Ladys hatten sich darauf wie von Sinnen gestürzt und dafür gesorgt, daß sie nicht nur genügend Blüten für den Haarschmuck, sondern auch zur Dekoration ihrer Kleider bekamen.

»Tut mir leid, daß ich Sie habe warten lassen«, sagte Nerissa in ihrer ruhigen Art.

»Ist schon in Ordnung, Miß«, erwiderte der Gehilfe. »Mit tut es nur leid, daß ich Ihnen kaum noch was Vernünftiges anbieten kann.«

Nerissa blickte sich um, und sie war nicht erstaunt, daß es weder Rosen noch Lilien noch Kamelien mehr gab, weder weiße noch pinkfarbene.

Die Tische waren leergefegt.

Nur ein Strauß Stiefmütterchen stand verloren in einer Ecke. Ja, und einige Astern waren da, die sich jedoch für einen Kranz nicht besonders gut eigneten.

»Ich fürchte, das ist alles«, sagte der junge Gärtner und zuckte entschuldigend die Schultern. »Es sei denn, Sie nehmen mit ein paar Feldblumen vorlieb.«

Nerissas Augen leuchteten auf.

»Haben Sie vielleicht einige Vergißmeinnicht?« fragte sie.

»Zu Hunderten, Miß. Sie wachsen wie Unkraut in einem Teil des Gartens. Wir können sie nicht loswerden.«

»Dann sind Sie vielleicht so nett und binden mir einen Kranz aus Vergißmeinnicht«, sagte Nerissa. »Ich habe sie immer schon sehr schön gefunden.«

Nerissa hatte nicht bemerkt, daß Mary ihr gefolgt war. Sie wandte sich lächelnd um, als Mary von der Tür her sagte:

»Sie werden mehr als einen Kranz fürs Haar brauchen, Miß!«

Nerissa sah Mary fragend an.

Diese wandte sich an den Gärtnergehilfen und befahl ihm:

»Du bringst mir mehrere Sträuße Vergißmeinnicht. Ich werde sie arrangieren. Beeil dich! Und sei nicht zu knauserig damit!«

»Mach' ich«, sagte der Junge.

Nerissa dankte ihm und kehrte in ihr Zimmer zurück.

Sie fragte das Mädchen, das sie begleitete:

»Was haben Sie vor, Mary? Ich bin eigentlich ganz froh, wenn ich mich im Hintergrund halten kann. Meiner Meinung nach wird sowieso meine Schwester den Preis gewinnen. Sie wird bestimmt hinreißend aussehen.«

»Ihre Ladyschaft hat sich so viele Rosen bringen lassen, daß sie für 'ne ganze Krönungsfeier reichen«, platzte es aus Mary heraus. »Und zwar wollte sie unbedingt die blaßrosafarbenen, die Lieblingsblumen des

Obergärtners. Er war ziemlich brummig und sagte zu den anderen, wenn Ihre Ladyschaft alles bekäme, was sie wollte, dann sähe der Garten aus, als ob ihn eine Ziegenherde kahlgefressen hätte.«

Nerissa lachte. Sie machte sich wegen ihrer äußeren Erscheinung beim Fest der Blumen keine Sorgen mehr.

Ein warmes Gefühl erfüllte sie bei dem Gedanken, mit dem Duke ein Geheimnis zu teilen. Nur er und sie wußten um den lange verschollenen Brautkranz, und der war wichtiger als alles, was die Gärtner für diesen Abend herstellten oder einer der weiblichen Gäste tragen konnte.

Doch als es Abend wurde und der Duke sich noch immer nicht mit ihr in Verbindung gesetzt und sie immer noch nicht eingeladen hatte, mit ihm zusammen die Suite der Ducheß aufzusuchen, überfiel Nerissa eine entsetzliche Niedergeschlagenheit. Aus einem spontanen Impuls heraus sagte sie zu ihrem Vater:

»Nun, da du das Haus gesehen hast, wäre es vielleicht das beste, morgen wieder nach Hause zu fahren. Ich glaube, die ersten Gäste sind gleich nach der Pferdeschau bereits wieder nach London zurückgereist.«

»Morgen schon nach Hause?« rief Marcus Stanley ungläubig. »Ich denke gar nicht daran! Ich habe ja noch nicht einmal das ganze Haus gesehen. Geschweige denn die Nebengebäude. Die Reitschule soll, wie ich gehört habe, nirgends im Land ihresgleichen haben. Der Taubenschlag ist auch eine Sehenswürdigkeit, und dies gilt noch für eine ganze Reihe anderer Gebäude.«

Er wartete eine Entgegnung nicht ab, sondern sagte

nur, während er sich anschickte, den Raum zu verlassen:

»Wir werden erst am Dienstag abreisen. Und das ist sogar noch zu früh für mich.«

Nerissa ging in ihre Zimmer, wo Mary bereits alles für den Abend vorbereitet hatte.

Anstelle des blaßblauen Kleides, das Nerissa für das passendste hielt, bestand Mary darauf, daß sie beim Wettbewerb in Weiß auftrat. Und zwar sollte sie mit dem Ankleiden bis nach dem Dinner warten, wie das die übrigen Ladys mit ihren Blumenkleidern auch halten würden.

»Glauben Sie, die Damen werden sich nach dem Dinner tatsächlich noch einmal umziehen, Mary?«

Mary lächelte.

»Warten Sie ab, Miß. Sie werden schon sehen, was ich meine, wenn es erst mal soweit ist. Die meisten der Ladys werden Kostüme tragen, in denen es einfach unmöglich wäre, sich bei Tisch niederzulassen. So überladen mit Blumen sind sie.«

Nerissa fand es eigenartig, doch weil Mary hartnäckig blieb, zog sie ein wunderschönes Kleid an, das sie bisher noch nicht getragen hatte. Dann ging sie zum Dinner hinunter mit dem Bewußtsein, daß ihr die Kleiderfrage im Grunde gleichgültig war. Was für sie zählte, war nur der Duke, den sie endlich zu sehen hoffte.

Sie fragte sich, was er wohl den ganzen Tag gemacht hatte, und vermutete, daß er mit Delphine zusammengewesen war, die einen sehr zufriedenen und siegessicheren Eindruck machte.

Sie sah an diesem Abend natürlich noch schöner aus

als sonst und funkelte im Glanz ihrer kostbaren Juwelen.

Nachdem das Dinner beendet war und die Ladys den Bankettsaal verlassen hatten, übernahm Delphine augenblicklich das Kommando.

»So, und nun Beeilung, meine Damen!« rief sie. »Sie wissen, was Sie zu tun haben. Wir treffen uns im Vorraum des Ballsaals. Und achten Sie darauf, daß die anderen Gäste uns nicht sehen. Sobald die Zuschauer versammelt sind, ziehen wir in den Ballsaal ein. Wir steigen dann die Stufen zum Podium hinauf und nehmen dort in einer Reihe Aufstellung. Dann gehen wir einzeln die Stufen wieder hinunter, treten vor die Jury und nehmen seitwärts davon unsere Plätze ein bis zur Urteilsverkündung.«

Obwohl die anderen Ladys das alles schon mehrmals gehört hatten, war es für Nerissa neu. Sie hoffte, sie würde keinen Fehler machen.

Auf ihrem Zimmer stellte sie fest, daß Mary sie schon mit Ungeduld erwartete. Und als sie das Kleid sah, das sie tragen sollte, stieß sie einen Überraschungslaut aus.

Es war ein sehr hübsches weißes Kleid, einfach und ohne Schmuck, dessen Saum nun mit kleinen Vergißmeinnichtsträußen versehen war. Nachdem sie es angezogen hatte, stellte Nerissa fest, daß dazu eine weißblaue Schärpe – ähnlich dem Hosenbandorden – gehörte, die ebenfalls mit winzigen Sträußen aus Vergißmeinnicht dekoriert war. Sie wurde über einer Schulter getragen und endete auf der anderen Seite unterhalb der Hüfte in einem großen Strauß Vergißmeinnicht.

Es ist sehr wirkungsvoll, dachte sie. Und das gilt auch für den Kranz in meinem Haar.

»Sie haben sich so viel Mühe gemacht, Mary«, sagte sie. »Das finde ich sehr lieb von Ihnen.«

»Es mag zwar nicht so aufwendig sein wie das, was manche Ladys tragen, Miß«, erwiderte Mary, »aber meiner Meinung nach sind Sie die Schönste von allen.«

Nerissa lachte.

»Danke«, sagte sie. »Das ist gut für mein Selbstvertrauen. Aber das Vergißmeinnicht ist eine sehr unauffällige Blume.«

Als sie das Vorzimmer des Ballsaales betrat und die anderen Ladys sah, stellte sie fest, wie recht sie mit ihrer Behauptung hatte.

Delphine sah phantastisch aus.

Sie trug einen Reifrock von enormen Ausmaßen, der ganz mit pinkfarbenen Rosen besetzt war. Auch der Kranz auf ihrem Kopf bestand aus pinkfarbenen Rosen. Und der Sonnenschirm, den sie in der Rechten hielt, war ebenfalls damit bekränzt.

Und als wäre das noch nicht genug, war auch ihr Dekolleté von Rosen eingefaßt. Und zwischen ihnen funkelten, wie in dem Kranz in ihrem Haar, große Brillanten.

Sie wirkte sensationell und so schön, daß Nerissa dachte, keine der Ladys könnte mit Delphine konkurrieren. Aber das schien auch die Überzeugung ihrer Schwester zu sein.

Dabei hatte sich manche der Damen redliche Mühe mit ihrem Kostüm gegeben.

Die eine stellte eine Lilie dar. Sie trug ein schlichtes weißes Kleid und im Rücken riesige Flügel, die aus

Lilien bestanden und an den Schultern mit Bändern befestigt waren.

Eine andere trug ein Gewand, das von roten Nelken übersät war. Dazu gehörte ein Muff aus den gleichen Blumen, und der Kranz auf ihrem Kopf besaß die Form einer russischen Pelzmütze.

Wie Nerissa es erwartet hatte, streiften die Damen sie mit einem abwesenden Blick und nahmen sonst kaum Notiz von ihr.

»So, jetzt sind alle im Saal versammelt. Die Juroren haben am Richtertisch Platz genommen – mit Papier und Federhalter ausgerüstet, um die Punkte zu notieren, die sie uns geben werden. Vergessen Sie nicht, ein paar Sätze zu der von Ihnen gewählten Blume zu sagen – entweder in Ihren eigenen Worten oder mit den Versen eines Dichters aus dem Schatz der Weltliteratur.«

Bei Delphines letzten Worten erinnerte sich Nerissa daran, daß sie erstaunt gewesen war, als sie vorhin einige der Ladys in dicken Gedichtbänden hatte blättern sehen.

Sie mußte wohl nicht besonders aufmerksam gewesen sein bei der vorbereitenden Besprechung. Oder hatte ihr niemand gesagt, daß jede Kandidatin ihre Blume beschreiben sollte?

Schnell überlegte sie, ob sie bei einem berühmten Dichter wie Lord Byron einmal einige Verse über eine so unbedeutende Blume wie das Vergißmeinnicht gefunden hatte.

Plötzlich drang Trommelwirbel aus dem Saal an ihr Ohr.

Sie sah, wie Delphine, den aufgespannten Sonnenschirm hoch über dem Kopf, durch die geöffnete Tür in den Saal schritt, was vom Publikum mit rauschendem Beifall bedacht wurde.

Nerissa stellte fest, daß auch bereits Gäste anwesend waren, die der Duke zum Ball nach dem Dinner eingeladen hatte. Und an der Stärke des Beifalls erkannte sie, daß dort draußen eine große Zuschauerzahl auf sie wartete.

Der Reihe nach verließen die Ladys den Vorraum. Sie bewegten sich mit einer Anmut und Sicherheit, als hätten sie eine jahrelange Erfahrung in der Teilnahme an Blumenfesten.

Jede der Damen trat vor das lauschende Publikum und sagte, ohne zu zögern, mit klarer Stimme ein paar Worte, was die Kapelle jedesmal mit einem Tusch beantwortete. Danach, so nahm Nerissa an, gingen sie wohl auf die Plätze, die Delphine für sie vorgesehen hatte.

Nachdem elf Teilnehmerinnen vor ihr den Vorraum verlassen und den Saal betreten hatten, stellte Nerissa fest, daß sie die letzte war, denn sie hatte sich um keinen bestimmten Platz in der Reihenfolge bemüht.

Sie erreichte die Tür und wartete auf der Schwelle, bis ihre Vorgängerin, als Kameliendame verkleidet, ihren Spruch aufgesagt und den ihr zugewiesenen Standort eingenommen hatte. Nerissa setzte sich langsam in Bewegung.

Sekundenlang blendeten sie die Lichter im Ballsaal so sehr, daß sie blinzeln mußte und ein Gefühl der Scheu sie überfiel.

Dann hatte sie sich an die Helligkeit gewöhnt. In dem Meer von Gesichtern erkannte sie den Duke, der mit den anderen Gentlemen am Jurorentisch saß.

Der Gedanke durchzuckte sie, daß sie sich auf keinen Fall vor ihm blamieren dürfe. Die Scheu wich von ihr.

Erleichtert und dankbar trat sie vor das Publikum, und ohne lange zu überlegen, kamen ihr ein paar Verse in den Sinn, die sie mit so klarer und lieblicher Stimme vortrug, daß alle im Saal gebannt lauschten.

Vergißmeinnicht, blau wie das Firmament,
klein und unbemerkt – am End'
wirst du es vergessen,
eine andere lieben statt dessen.
Mich wird es niemals kränken,
ewig werd' ich dein gedenken . . .

Als Nerissa verstummte, erhob sich lauter Applaus. Sie stieg vom Podium herab und begab sich, die Augen zu Boden gesenkt, zu den anderen Kandidatinnen.

Die Ladys in ihren Kostümen hatten sich so aufgestellt, daß sie ein Bouquet bildeten. Die Zuschauer klatschten begeistert und schienen nicht aufhören zu wollen.

Als der Beifall schließlich verebbte, erhob sich der Duke, um die Stimmzettel einzusammeln.

Danach bestieg er das Podium und hielt eine kleine Ansprache.

Er sagte, er sei überzeugt, daß auf Lyn noch nie ein so originelles Fest stattgefunden habe wie das Blumenfest an diesem Abend.

Am originellsten und schönsten seien natürlich die Blumen-Darstellerinnen, die den Ballsaal mit ihrer Anwesenheit zierten.

Anschließend las er das Resultat der Abstimmung vor. Es überraschte niemand, daß Delphine die höchste Punktzahl erreicht hatte.

Das wird sie glücklich machen, dachte Nerissa.

Ihr entging nicht die Genugtuung auf dem Gesicht der Schwester, als Delphine zum Duke trat und aus seiner Hand den ersten Preis, eine entzückende Emailbrosche in Form einer Blume mit aufgesetzten Halbedelsteinen, in Empfang nahm.

Nerissa stand so dicht bei den beiden, daß sie Delphines hingehauchtes »Danke« hören konnte. Dann fügte Delphine so leise, daß nur der Duke die Worte verstehen sollte, hinzu:

»Du weißt, daß ich sie in Ehren halten und auf ewig bewahren werde, weil du sie mir geschenkt hast.«

In ihrer Stimme lag ein vertraulicher Klang, und in ihren Augen erschien ein Ausdruck, den der Duke unmöglich mißverstehen konnte.

Doch zu Nerissas Erstaunen antwortete der Duke nicht, so daß sich Delphine gezwungen sah, zurückzutreten, um der Lilie Platz zu machen, die den zweiten Preis gewonnen hatte.

Sobald die Preisverleihung vorüber war, drängten alle auf die Tanzfläche, um einen noch genaueren Blick auf die Ladys zu werfen und sie – obwohl sich dies in den meisten Fällen als ein fast undurchführbares Unterfangen herausstellte – zum Tanz aufzufordern.

Nerissa schaute sich nach ihrem Vater um, doch als sie ihn entdeckt hatte, merkte sie, daß er nicht gestört werden wollte. Er unterhielt sich mit einem Gentleman, der ein Haus in der Nachbarschaft von Lyn besaß, das ebenfalls aus der Tudor-Zeit stammte, was sie dem Gespräch entnahm, dem sie kurze Zeit unbemerkt zuhörte.

Nerissa war daher glücklich, als Harry auf sie zukam, ihren Arm nahm und sagte:

»Du siehst einfach hinreißend aus. Die Vergißmeinnicht finde ich sehr passend für dich.«

»Wieso?«

»Weil wir beide voraussichtlich wohl nie wieder hierherkommen werden.«

Eine Weile schwieg er. Dann fügte er hastig hinzu:

»Übrigens, ich muß dir etwas sagen!«

Er zog sie aus dem Ballsaal hinaus und führte sie in einen Nebenraum.

Neugierig geworden, fragte Nerissa:

»Was ist denn?«

»Du wirst es nicht glauben«, flüsterte Harry aufgeregt. »Aber der Duke fragte mich, ob ich ein Reitpferd besäße. Als ich verneinte, erklärte er sich bereit, mir eines zu überlassen, das ich mit nach Oxford nehmen könnte.«

»Das hat er wirklich gesagt?« rief Nerissa. »Wie wundervoll, Harry. Das heißt, du kannst dein Geld sparen und es für etwas anderes verwenden.«

»Im ersten Augenblick traute ich meinen Ohren nicht«, sagte Harry. »Aber inzwischen glaube ich den Grund für diese Großzügigkeit zu kennen.«

»Ja?« fragte Nerissa.

»Der Grund liegt auf der Hand«, antwortete Harry. »Obwohl ich meinen Kopf verwettet hätte, daß es nie geschehen würde, scheint er tatsächlich entschlossen zu sein, Delphine zu heiraten, und will sich auf diese Weise ihrer Familie empfehlen.«

»Ja, natürlich, das muß die Erklärung sein«, gab Nerissa ihm recht. Sie fragte sich, weshalb sie sich nicht mit Harry über das großzügige Geschenk so freuen konnte, wie sie es eigentlich tun sollte.

Aus einem unerklärlichen Grund schien sich der Abend endlos hinzuziehen. Und obwohl sie mit einer Reihe von Gentlemen tanzte und es dabei fertigbrachte, Sir Montague aus dem Weg zu gehen, hatte sie das Gefühl, sich nicht wirklich zu vergnügen.

Vielleicht bin ich müde, dachte sie und sagte sich, daß niemand sie vermissen würde, wenn sie sich davonstahl und in ihr Zimmer ging.

Delphine, ganz offensichtlich die Königin des Abends, wurde gefeiert, umschmeichelt und bewundert.

Es gab so viele, die sich um einen Tanz mit ihr bemühten, daß sie nach jedem zweiten Tanz den Partner wechselte.

»Ich gehe schlafen«, entschied Nerissa.

Sie verließ unbemerkt den Saal und stieg die Treppe hinauf. Dabei verspürte sie plötzlich den Wunsch, nach dem Brautkranz zu sehen und sich zu vergewissern, daß er noch an seinem Platz lag.

Sie schlug den Weg zu den Prunkräumen ein und verhielt vor dem Zimmer der Herzogin. Leise durchquerte sie den Raum und betrat die Puderkammer.

Alles war noch so, wie sie und der Duke es in der Nacht zuvor verlassen hatten.

Zwei Kerzen brannten rechts und links von dem Spiegel, und da die Kammer so winzig war, war es schwierig, die Schrankkommode deutlich zu erkennen.

Nerissas Blick wanderte zu dem Möbelstück hinüber. Dabei hatte sie das Gefühl, als ob die unglückliche Ducheß, die ihr Leben so unnötig weggeworfen hatte, neben ihr stünde.

»Warum hast du ihm nicht vertraut?« murmelte Nerissa, denn sie glaubte, die Ducheß wollte ihr etwas sagen – doch sie wußte nicht, was es sein konnte.

Unwillkürlich streckte sie die Hand aus und ließ ihre Finger wie am Abend zuvor an der Oberkante des Schränkchens entlanggleiten.

Sie ertastete die leichte Erhöhung an der Ecke und drückte darauf. Und weil nicht unmittelbar danach etwas geschah, fürchtete sie sekundenlang, daß alles nur eine Illusion gewesen war.

Doch dann öffnete sich langsam die Klappe. Die Schublade kam zum Vorschein, und Nerissa zog sie auf.

Der Kranz lag vor ihr. Der Kranz, der so viele Jahre hier verborgen gewesen war und auf dem der Fluch ruhte, der so viele Herzöge des Geschlechts unglücklich gemacht hatte.

Nerissa griff in die Lade und hob den Kranz aus seinem Versteck.

Nun, da sie ihn mit mehr Muße betrachtete als in der vergangenen Nacht, kam es ihr vor, als wäre er noch viel schöner, als sie ihn in Erinnerung hatte.

Er war die hervorragende Arbeit eines Goldschmieds, und Nerissa dachte, daß es ein ausländischer Künstler, vielleicht ein Italiener, gewesen war, der dieses Wunderwerk vollbracht hatte.

Sie hielt den Kranz näher ans Licht.

Dann nahm sie, einem Impuls folgend, den Kranz aus Vergißmeinnicht aus ihrem Haar und setzte sich den Kranz aus Brillanten auf.

Er schien genau zu passen.

Noch während sie ihn aufsetzte, glaubte sie neben sich einen Laut zu hören. Sie hatte den Eindruck, als ob die tote Ducheß neben ihr stünde.

Im nächsten Augenblick war ihr, als hätte der Geist sie verlassen und sie wäre wieder allein.

Das Ganze war seltsam verwirrend, und doch war Nerissa fest davon überzeugt, daß sie keiner Einbildung erlegen war, sondern alles, was sie fühlte, tatsächlich passierte.

Langsam hob sie den Blick und schaute in den Spiegel.

Und in diesem Moment öffnete sich die Tür. Der Duke betrat die Puderkammer.

Sie sah sein Bild im Spiegel, doch sie wandte sich nicht zu ihm um. Reglos stand sie da und beobachtete, wie er näher kam und schließlich dicht hinter ihr verharrte.

Nun waren ihre Gesichter dicht beieinander im Spiegel zu erkennen.

»So wollte ich dich sehen . . .« sagte der Duke sehr ruhig, brach dann aber mitten im Satz ab.

Als wäre sie aus einem Traum erwacht, wurde sich Nerissa bewußt, daß er aus Fleisch und Blut war und es vielleicht nicht richtig gewesen war, den Blumenkranz der Ducheß aufzusetzen, ohne den Duke vorher um Erlaubnis gefragt zu haben.

Rasch drehte sie sich zu ihm um. Sie setzte zu einer Entschuldigung an, doch als sie seine Augen sah, brachte sie kein Wort über die Lippen. Sie vermochte ihn nur anzuschauen, während er den angefangenen Satz beendete:

»... wenn wir heiraten.«

Nerissas Augen schienen ihr Gesicht auszufüllen.

»Ich ahnte, daß ich dich hier finden würde«, fuhr er fort. »Und ich hatte die Absicht, dich zu bitten, den Kranz für mich aufzusetzen, damit ich sehen könnte, wie du ausschaust in der Stunde, da du meine Frau wirst.«

»Ich verstehe nicht, was Sie da sagen«, flüsterte Nerissa.

»Was ich sage, ist sehr einfach«, erwiderte der Duke. »Ich sage, daß ich dich liebe. Der Grund dafür, daß ich nie geheiratet habe, ist der, daß ich nie eine Frau fand, die mir garantieren konnte, daß der Fluch, der auf unserer Familie lastete, aufgehoben ist und ich bei ihr das Glück finden würde, das ich immer gesucht habe.«

Nerissa konnte nicht glauben, was mit ihr geschah. Sie vermochte ihn nur anzublicken.

Langsam legte er die Arme um sie und zog sie an sich.

»Ich liebe dich«, sagte er, und seine Lippen berührten die ihren.

Während er sie küßte, erkannte sie den Grund, weshalb sie an diesem Tag so ruhelos, unglücklich und niedergeschlagen gewesen war: Sie liebte ihn.

Sie hatte es gewußt und doch nicht gewagt, es vor sich zuzugeben.

Sie hatte ihn geliebt von dem Augenblick an, als er in ihre Küche gekommen war. Er war der schönste Mann, den sie jemals gesehen hatte.

Obwohl sie sich sagen mußte, daß er Delphine gehörte, fühlte sie sich unwiderstehlich zu ihm hingezogen.

Seit dem Morgen, an dem sie zusammen durch den Wald geritten waren, hatte sie das Gefühl gehabt, daß ihr Leben ohne ihn leer und freudlos war. Und ihr ganzes Wesen hatte sich nach ihm gesehnt wie eine Verdurstende nach einem Schluck Wasser.

Sein Kuß war zuerst sanft und voller Zärtlichkeit. So, als fürchtete er, sie zu ängstigen und zu erschrecken.

Dann, als erregten ihn die Weichheit und Unschuld ihrer Lippen, wurden die seinen drängender und fordernder.

Er küßte sie, bis Nerissa das Gefühl hatte, in den Himmel emporgetragen zu werden.

Sie waren nicht länger zwei getrennte Wesen, sondern ein einziges.

Verschmolzen miteinander zu einer göttlichen Einheit, die nie wieder zerbrechen konnte.

Als der Duke dann den Druck seiner Arme verstärkte und nicht aufhörte, sie zu küssen, wurde Nerissa von einem Rausch erfaßt, den sie noch nie erfahren und von dem sie nicht einmal gewußt hatte, daß es ihn gab.

Es war ein Gefühl der Vollkommenheit, und es schien Teil jenes Zaubers zu sein, den sie in den Wäldern erlebt hatte, seit sie ein Kind war und der sich mit jenem Eindruck verband, den die märchenhafte Schönheit von Lyn auf sie ausübte.

Der größte Zauber jedoch ging vom Duke selbst und seiner Nähe aus. Und dieser Zauber wuchs ins Ungemessene, bis Nerissa das Empfinden hatte, daß es auf der Welt nichts anderes mehr gab als ihn.

Ja, nur er war noch da.

Seine Arme.

Seine Lippen.

Und die Liebe, die von ihm zu ihr hinüberströmte, die sich vereinigte mit der Liebe, die aus ihrem eigenen Inneren drang und sich über ihn ergoß.

Erst als er den Kopf hob, schaute Nerissa zu ihm auf und sagte mit einer Stimme, die sie kaum noch als die eigene erkannte und die aus weiter Ferne zu dringen schien:

»Ich – liebe dich!«

»Das wollte ich von dir hören«, antwortete der Duke. »Und ich liebe dich.«

Wieder küßte er sie, küßte sie fordernd und leidenschaftlich, als fürchtete er, sie wäre ein Phantom, das sich ihm im nächsten Augenblick für immer entziehen könnte.

Doch erst als die beide völlig atemlos und Nerissa das Gesicht an seiner Brust barg, sagte der Duke mit bebender Stimme:

»Wie bald wirst du mich heiraten, mein Liebling?«

In diesem Moment kehrte Nerissa auf den Boden der Wirklichkeit zurück. Sie schaute zu ihm auf und sagte:

»Träume ich, oder hast du mich wirklich aufgefordert, deine Frau zu werden?«

»Was sonst könnte ich mir wünschen? Natürlich will ich dich zur Frau haben! Schließlich hat eine überirdische Macht dich mir geschenkt, als du den Brautkranz fandest, dessen Verschwinden so viele meiner Vorfahren zugrunde richtete.«

»Ich bin so glücklich, daß ich ihn finden konnte«, sagte Nerissa. »Aber du weißt, daß ich dich nicht heiraten kann.«

Die Haltung des Duke versteifte sich.

»Was soll das heißen: Du kannst mich nicht heiraten?«

»Da ist doch Delphine – sie mußt du heiraten!«

Der Duke schüttelte den Kopf.

»Ich habe Delphine nie die Ehe versprochen. Und ich hatte auch nie die Absicht, es zu tun.«

»Aber – sie glaubt . . .« begann Nerissa.

»Ich weiß, was sie glaubt und was andere Frauen vor ihr glaubten. Doch ich war entschlossen, nicht eher zu heiraten, bis ich diejenige gefunden hätte, von der ich sicher sein konnte, daß sie mich glücklich machen würde.«

Er machte eine Pause, bevor er sagte:

»Ich bin mir nicht sicher, ob ich an den Familienfluch geglaubt habe oder nicht. Aber ich weiß – du magst es Instinkt nennen –, daß ich mir keine der Frauen, mit denen ich liiert war, als meine Gemahlin hätte vorstellen können.«

Nerissa schwieg, und nach einen Augenblick des Nachdenkens fuhr er fort:

»Die Schwierigkeit besteht darin, dir zu erklären, was in mir vorging. Ich bin mit der Zeit ein Zyniker geworden. Alle meine Illusionen und Träume gingen verloren, denn alle Frauen, denen ich begegnete, waren anders als die Frau, die ich suchte. Sie entsprachen nicht dem Bild, das ich im Herzen trug.«

»Aber Delphine war sich so sicher, daß du sie um ihre Hand bitten würdest.«

»Das, worum ich sie bat, war etwas völlig anderes.«

»Auch davon hat sie gesprochen. Aber sie war felsenfest davon überzeugt, daß du deine Haltung ändern würdest.«

Ein schmales Lächeln umspielte die Lippen des Duke, als er sagte:

»Deine Schwester ist zwar sehr schön, aber ich stelle jetzt fest, daß ihre Schönheit nur ein blasser Abglanz der deinen ist.«

Nerissa erinnerte sich daran, daß Harry das gleiche gesagt hatte, und sie beeilte sich zu sagen:

»Das darfst du nicht sagen. Und obwohl ich dich – liebe, könnte ich nicht glücklich mit dir sein bei dem Gedanken, Delphine verletzt zu haben.«

Der Duke schwieg fassungslos, bevor er mit einem ungläubigen Ton in der Stimme sagte:

»Das ist doch nicht dein Ernst, Nerissa! Oder willst du mich tatsächlich zurückweisen?«

»Was kann ich denn tun?« Nerissas Stimme klang unglücklich.

»Ich liebe dich – du weißt, daß es so ist. Doch wenn ich dich heirate, wird Delphine uns verfluchen. Und dann liegt ein neuer Fluch auf dir, und wenn er wirksam wird, werden wir einander verlieren – dann will ich nicht mehr leben.«

»Du solltest nicht solche Dinge sagen!« rief der Duke und zog sie an sich. »Glaubst du wirklich, ich würde dich noch einmal freigeben, nachdem ich dich endlich gefunden habe?«

Er blickte ihr in die Augen, forschend und ungläubig zugleich, so als wollte er sich vergewissern, ob es ihr ernst war, was sie sagte.

Dann stieß er hervor:

»Du bist mein. Du bist das, worum ich den Himmel

angefleht habe, daß ich es finden möge, obwohl ich gleichzeitig fürchtete, es würde gar nicht existieren. Als ich die Küche deines Vaters betrat – einen Ort, an dem man das Gesuchte am wenigsten vermutet hätte – standest du plötzlich vor mir: ein Wesen, so vollkommen, so unvorstellbar unschuldsvoll und schön, daß ich im ersten Augenblick meinen Augen nicht trauen wollte.«

»Hast du das wirklich so empfunden?« fragte Nerissa mit vor Glück zitternder Stimme.

»Ja, das habe ich. Und noch einiges mehr. Doch weil ich von Natur aus Skeptiker bin, versuchte ich mir einzureden, daß es nur das exzellente Mahl war, das du gekocht hattest, und der vorzügliche Wein, den ich getrunken hatte.«

Er lächelte, als er hinzufügte:

»Gleichzeitig war ich entschlossen, dich wiederzusehen, mein Liebstes. Und deshalb lud ich deinen Vater nach Lyn ein.«

»Delphine wollte nicht, daß ich mitkam.«

»Das habe ich sofort gemerkt. Doch wenn deine Schwester auch einen eisernen Willen hat, so stehe ich ihr darin keineswegs nach. Wie sehr du auch bemüht warst, mir eine Absage zu geben, ich habe nicht locker gelassen, nicht wahr?«

Er schaute sie liebevoll an, bevor er fragte:

»Weißt du eigentlich, wie schön du bist? Je länger du hier warst und je öfter ich dich anschaute, desto mehr wuchs meine Liebe zu dir. Ja, sie wächst von Stunde zu Stunde – und von Minute zu Minute.«

»Aber heute hast du mich kaum beachtet und kein einziges Wort mit mir gesprochen.«

»Es war mir nicht möglich, denn ich mußte mir über zu vieles Klarheit verschaffen – und dabei hättest du mich abgelenkt. Außerdem bin ich nicht so einfältig, daß mir nicht bewußt gewesen wäre, wie sehr deine Schwester dich bedrängt und aufgeregt hätte, wenn sie dahintergekommen wäre, was ich für dich empfinde.«

Nerissa stieß einen leisen Schrei aus.

»Sie darf nie etwas davon erfahren.«

»Eines Tages wird sie es erfahren müssen«, sagte der Duke. »Ich bin fest entschlossen, Nerissa, dich zu meiner Frau zu machen. Glaub mir, ich kann ohne dich nicht mehr leben!«

»Aber das wirst du müssen!« rief Nerissa verzweifelt. »Ich liebe dich! Ich liebe dich über alles, doch . . . doch ich kann dich niemals heiraten. Was soll aus Delphine werden, die so sicher ist, daß du sie um ihre Hand bitten wirst.«

Der Duke legte die Finger unter Nerissas Kinn und hob ihr kleines Gesicht zu seinem empor.

»Schau mich an, mein Schatz«, sagte er. »Schau mir in die Augen und sag mir, ob zwei Menschen, die sich so lieben, wie wir es tun, ohne einander leben können.«

Nerissa sah zu ihm auf. Dann schossen ihr plötzlich Tränen in die Augen und verschleierten ihren Blick.

»Ich weiß, was du sagen willst«, schluchzte sie. »Ich fühle nicht anders als du. Ich liebe dich so sehr, daß es für mich nichts anderes mehr auf der Welt gibt als dich. Aber ich weiß, daß wir unser Glück nicht mit Delphines Unglück erkaufen dürfen. Und ich weiß ebenfalls, daß ich immer – ein Leben lang – Angst hätte, wenn wir es täten.«

Sekundenlang blickte der Duke sie an. Dann sagte er:

»Da wir uns so nahe sind, weiß ich, was in dir vorgeht, mein Liebling. Und deshalb werde ich dir etwas sagen. Und ich möchte, daß du mir aufmerksam dabei zuhörst.«

»Du weißt, daß ich auf alles höre, was du sagst«, flüsterte Nerissa.

»Dann schwöre ich vor Gott dem Allmächtigen, daß ich dich zu meiner Frau machen werde. Daß du mir gehören wirst und daß wir zusammen das Glück finden werden. Das ist ein Schwur, den ich niemals brechen werde!«

Da Nerissa wußte, daß es nichts gab, was sie hätte entgegnen können, stieß sie einen tiefen Seufzer aus und barg ihr Gesicht an seiner Schulter.

Er preßte sie an sich, und sie fühlte seine Lippen auf ihrem Haar.

Lange Zeit standen sie so, und Nerissa empfand seine Nähe wie einen Hort der Geborgenheit und Liebe, wo nichts sie verletzen oder beunruhigen konnte.

Wo sie geborgen war und nie wieder einsam sein würde.

Es war eine Illusion.

Es mußte eine Illusion sein.

Doch im Augenblick gehörte sie ihm und er ihr.

Immer noch klang sein Schwur in ihren Ohren. Er erfüllte ihr Inneres, zitterte in der Luft nach, die sie umgab.

Dann ließ der Duke sie los. Er nahm den Brautkranz aus ihrem Haar und legte ihn in das geheime Schubfach zurück. Dann ließ er den Aufsatz in seine ursprüngliche Stellung zurückgleiten.

»Ich muß in den Tanzsaal zurück, mein Schatz«, sagte er. »Ich möchte, daß du zu Bett gehst und dir über nichts Sorgen machst. Ich liebe dich. Du mußt mir vertrauen.«

Nerissa lächelte.

»Ich vertraue dir«, sagte sie. »Aber versprich mir, daß du nichts tust, was nicht richtig ist.«

»Weil es nichts an dir gibt, was falsch und gemein ist, würde ich nie etwas tun, was du als Unrecht empfändest oder was deinen Idealen zuwider wäre.«

Noch einmal zog er sie an sich.

»Wie kannst du nur etwas so Wundervolles zu mir sagen!« flüsterte Nerissa.

»Ich sage es, weil es die Wahrheit ist, weil ich dich liebe. Weil unser gemeinsames Leben anders und beglückender sein wird als alles, was du und ich jemals für möglich gehalten haben, auch wenn es dir im Moment schwerfällt, es zu glauben.«

»Ich . . . ich darf nicht daran denken«, murmelte Nerissa.

»Du mußt sogar daran denken«, verlangte der Duke. »Daran und nicht an die Hindernisse, die uns im Augenblick noch den Weg versperren. Ich werde sie beiseite räumen, doch im Moment möchte ich nicht mit dir darüber reden.«

Lange schaute er sie an, bevor er sie erneut in die Arme nahm und an sich preßte.

»Alles, woran du denken sollst, alles, was ich dir zu sagen habe, ist, daß ich dich liebe«, sagte er ruhig. »Du bist mein, Nerissa. Keine Macht der Welt, weder Gott noch Mensch, wird mich jemals dazu bewegen können, dich aufzugeben.«

Er küßte sie, und wieder trugen die Leidenschaft und der Zauber seiner Küsse sie zu den Sternen empor.

7

Nachdem Nerissa in ihr Zimmer gegangen war, kehrte der Duke zu der Gesellschaft in den Ballsaal zurück.

Er brachte es mit äußerstem Takt fertig, die eingeladenen Nachbarn früher als üblich zu verabschieden, ohne daß diese etwas davon merkten.

Nachdem nur noch die Hausgäste zurückgeblieben waren, wies er die Kapelle an, *God Save The King* zu spielen, was deutlich machte, daß die Party zu Ende war.

»Es ist doch noch viel zu früh, Talbot!« protestierte Delphine.

»Ich habe für morgen so viele Sensationen geplant, daß ich dich nicht überanstrengen möchte. Außerdem gibt es ja noch einen weiteren Abend, bevor du mich verläßt.«

Sie fügte sich mit einem Achselzucken und einem Schmollmund. Dann hängte sie sich bei ihm ein und sagte mit betörendem Augenaufschlag:

»Für mich zählt nur eins: bei dir zu sein. Aber wir haben heute noch nicht sehr viel voneinander gehabt.«

»Das ist immer schwierig, wenn so viele Menschen im Haus sind«, erwiderte der Duke. Er machte sich von ihr los und ging zu seiner Tante, um ihr gute Nacht zu sagen.

Nachdem alle auf ihre Zimmer gegangen waren, trat er in die Nacht hinaus, blickte auf zu den Sternen und dachte an Nerissa.

Er wußte, er war der glücklichste Mann auf Erden, denn er hatte gefunden, wonach jeder Mann – oft vergeblich – suchte: eine Frau, die ihn liebte um seiner selbst willen und die ihm ihr Herz und ihre Seele schenkte. Er wußte es, seitdem er Nerissa das erste Mal geküßt hatte.

Als er ins Haus zurückkehrte, hatte der Nachtdiener bereits die meisten Kerzen gelöscht. Nur wenige brannten noch, spendeten aber genügend Licht, daß der Duke ohne Schwierigkeiten den Weg zu seinem Zimmer fand.

Er schritt den Korridor entlang, der zur Master Suite führte, stellte jedoch plötzlich fest, daß ihm vom anderen Ende des Ganges ein Mann entgegenkam, der ihn nicht bemerkt zu haben schien.

Dem Duke, dessen Gedanken bei Nerissa weilten, stand nicht der Sinn nach einer banalen Unterhaltung.

Deshalb schob er sich in den Schatten einer der Türnischen und fragte sich, wer der umhergeisternde Gast sein mochte und wohin er unterwegs war.

Sekunden später stellte er fest, daß er sich nicht hätte verstecken müssen, denn der Mann, der einen langen, fast bis zum Boden reichenden Hausmantel trug, öffnete leise eine Tür der Gästeschlafzimmer und verschwand nach drinnen.

Im ersten Augenblick konnte der Duke es nicht fassen. Er dachte schon, daß er sich geirrt hätte. Doch als er sich wieder in Bewegung setzte und seinem Zimmer zustrebte, entdeckte er vor der Tür des Raumes, in dem der nächtliche Besucher verschwunden war, eine pinkfarbene Rose.

Der Duke bückte sich, um die Rose aufzuheben, und während er, die Rose in Händen, auf sein Zimmer ging, erschien ein zufriedenes Lächeln auf seinem Gesicht.

*

Der Tag war Nerissa sehr lang vorgekommen. Alles war irgendwie verkehrt und ohne richtige Höhepunkte verlaufen.

Sie kannte auch den Grund dafür. Die Party ging zu Ende, und viele der Gäste waren bereits nach Hause gefahren.

Obwohl der Duke für die Gentlemen am Morgen noch ein Rennen veranstaltet hatte, war in ihr das Gefühl, daß irgend etwas fehlte.

Sie kannte natürlich den Grund für diesen Eindruck. Nach dem, was zwischen ihr und dem Duke am Abend zuvor geschehen war, konnte sie an nichts mehr auf normale Weise teilnehmen.

Alles in ihr hatte sich verändert. Ihre Gedanken und Empfindungen befanden sich in einem entsetzlichen Aufruhr.

In dem einen Augenblick verspürte sie ein wildes Glücksgefühl wie am Abend zuvor, als sie zu Bett ging und erfüllt war von dem Wissen, daß der Duke sie liebte und sie ihn. Dann jedoch kam die unvermeidliche Reaktion, und sie stürzte in den Abgrund der Verzweiflung, weil sie sich sagte, daß sie ihn unmöglich heiraten konnte, was immer er ihr auch bedeuten mochte.

»Ich habe ihn von dem einen Fluch erlöst«, murmelte sie immer wieder. »Wie könnte ich die Schuld auf mich nehmen, ihn gleich danach einem zweiten auszusetzen?«

Da sie sich immer vor Delphine gefürchtet hatte, war sie überzeugt, daß jeder Fluch, den die Schwester gegen den geliebten Mann ausstieß, sich bald schon als wirksam erweisen würde.

Und etwas Derartiges hätte sie nie ertragen können. Ja, sie war sogar sicher, daß es auf die Dauer ihr gemeinsames Glück zerstört hätte.

»Ich liebe ihn, ich liebe ihn!« flüsterte sie verzweifelt. »Aber die Worte, die ich im Ballsaal als Vergißmeinnicht sprach, werden in Erfüllung gehen. Eines Tages wird er mich vergessen haben.«

Es kam Nerissa vor, als wären nur zwei Menschen unter den Gästen des Duke wirklich glücklich. Der eine davon war ihr Vater.

Marcus Stanley genoß jeden Augenblick auf Lyn, und jedesmal, wenn er das Schloß oder dessen Nebengebäude besichtigte, fühlte er sich wie im Himmel. Der einzige Wermutstropfen war nur, daß alles in einer solchen Eile zu geschehen hatte.

»Fünfzig Jahre hat man benötigt, um Lyn zu erbauen. Man kann von mir nicht erwarten, daß ich in nur fünfzig Stunden alles davon gesehen habe«, pflegte er zu sagen.

Wenn der Vater fasziniert war von dem, was ihm in den Tagen des Aufenthalts auf der Burg geboten wurde, so versetzte das versprochene Pferd Harry in einen wahren Freudentaumel. Mit seiner überquellenden guten Laune riß er die Partyteilnehmer immer wieder mit. Er unterhielt die Gäste bei Tisch und erreichte es, sie immer wieder zum Lachen zu bringen.

Die Gesellschaft, die sich an diesem Abend zum Dinner versammelte, war bereits stark zusammengeschrumpft. Die Gentlemen, die noch geblieben waren, waren gute Freunde des Duke, denen sein Glück am Herzen lag – den Eindruck hatte Nerissa jedenfalls.

Doch aus irgendeinem Grund, den sie nicht verstand, war Delphine böse auf den Duke. Am Anfang spielte sie die Gekränkte, dann begann sie mit leiser, vorwurfsvoller Stimme auf ihn einzureden. Als auch das nichts bewirkte, tat sie alles, ihn eifersüchtig zu machen, indem sie schamlos mit Lord Locke flirtete.

Letzterer war nur zu bereit, darauf einzugehen. Doch weil Nerissa wußte, daß Lord Locke ihre Schwester wirklich liebte, sagte sie sich, daß es grausam von Delphine war, ihn als Waffe gegen einen Nebenbuhler zu benutzen.

Nach dem Dinner traten einige Musiker aus der Gegend auf, die wahre Meister auf der Mundharmonika waren.

Normalerweise hätte Nerissa einen solchen Abend genossen, besonders weil sie eine derartige Musik noch nie gehört hatte.

Doch nun dachte sie an nichts anderes als daran, daß die Minuten leer und ungenutzt verstrichen.

Am nächsten Tag würden sie Lyn verlassen, und sie wußte nicht einmal, ob der Duke ein Wiedersehen überhaupt plante.

Schließlich erhob sich Marcus Stanley, obwohl es eigentlich noch recht früh war. Er erklärte, er werde zu

Bett gehen. Zu Nerissas Überraschung schlug der Duke daraufhin vor, dem Beispiel seines Gastes zu folgen.

Sekundenlang, während Nerissa dem Duke die Hand zum Gutenachtgruß gab, fühlte sie, wie seine Liebe auf sie überströmte. Doch da sie fürchtete, Delphine könnte etwas davon bemerken, wagte sie nicht, zu ihm aufzuschauen.

Sie senkte nur den Kopf zu einem unmerklichen Nicken und stieg langsam hinter ihrem Vater die Treppe hinauf.

Wieder blieb der Duke allein zurück. Allerdings ging er nicht nach draußen wie am Abend zuvor.

Statt dessen begab er sich in die Suite der Ducheß. Er betrat die kleine Kammer, näherte sich dem Kommodenschrank und versuchte die Geheimschublade zu öffnen, wie Nerissa es getan hatte.

Er war nicht so geschickt wie sie, und es dauerte eine Weile, bis er den Hebel gefunden hatte, der den Öffnungsmechanismus auslöste.

Die Schublade öffnete sich. Der Brautkranz lag vor seinen Augen.

Wenig später ging er den Weg, den er gekommen war, zurück. Er hielt sich nur kurz in seinem Zimmer auf. Dann trat er in den Korridor hinaus und ging zu der Tür, vor der er am vergangenen Abend die Rose gefunden hatte.

Jetzt lag an dieser Stelle keine pinkfarbene Rose. Ohne anzuklopfen öffnete er die Tür und betrat das Zimmer.

In dem großen Schlafzimmer brannten nur zwei Kerzen, doch sie spendeten genügend Licht, so daß der Duke Delphine deutlich zu erkennen vermochte, die in einem hauchzarten, durchscheinenden Negligé auf dem Bett lag – in den Armen von Lord Locke.

Der Lord küßte sie leidenschaftlich, und es vergingen mehrere Sekunden, bis die beiden bemerkten, daß sie nicht mehr allein im Raum waren.

Es folgte ein heftiger Wortwechsel, in dem der Duke Lord Locke vorwarf, sich ungehörig zu verhalten. Lord Locke ließ den Duke daraufhin wissen, daß er sich beleidigt fühle.

Die beiden Kontrahenten wurden immer zorniger, während sich Delphine vergeblich bemühte, sie daran zu hindern, sich so aufzuführen.

Dann rief Lord Locke plötzlich mit einer Stimme, die laut im Zimmer widerhallte:

»Ich fordere Satisfikation, Lynchester. Ich erlaube keinem Mann, so mit mir zu reden, wie du es getan hast.«

»Ich bin nur zu bereit, gegen dich anzutreten«, erwiderte der Duke. »Höchste Zeit, daß man dir eine Lektion in gutem Benehmen erteilt!«

»Na gut, wann und wo?« fragte Lord Locke mit zusammengebissenen Zähnen.

»Ich habe nicht die Absicht, bis morgen früh damit zu warten. Wir tragen es sofort aus – in der Reitschule. Du wirst dann feststellen, daß ein Stück Blei im Oberarm das beste Mittel ist, deine Leidenschaft für die nächsten Wochen gehörig abzukühlen.«

»Das werden wir sehen«, entgegnete Lord Locke. »Aber ich nehme deinen Vorschlag an.«

»Wir treffen uns in einer Stunde«, stieß der Duke scharf hervor. »Und da ich denke, daß es auch in deinem Interesse ist, wenn wir möglichst wenig Aufsehen erregen, schlage ich vor, wir begnügen uns jeder mit nur einem Sekundanten. Ich wähle Charles Seeham. Wilterham kann den Schiedsrichter machen, und Lionel Hampton war Arzt, bevor er Forscher wurde.«

»Ich bewundere deine Cleverness«, erwiderte Lord Locke voller Sarkasmus.

Delphine stieß einen Schreckensschrei aus.

»Nein, das könnt ihr nicht machen! Ihr dürft nicht um mich kämpfen! Bedenkt das Gerede und den Skandal, wenn bekannt wird, daß ich in die Sache verwickelt bin! Ich werde nicht zulassen, daß es dazu kommt!«

»Das ist etwas, das du nicht verhindern kannst«, entgegnete der Duke. »Und weil ich denke, daß es letzten Endes deinetwegen zu alldem gekommen ist, schlage ich vor, du kommst mit und schaust zu!«

»Das werde ich auch«, erwiderte Delphine. »Meiner Meinung nach benehmt ihr euch beide ganz abscheulich – aber ihr müßt mir schwören, daß keiner von euch jemals ein Wort über die Sache verlauten läßt – gleichgültig wie sie auch ausgeht.«

»Ich denke, wir wissen beide, wie wir uns zu verhalten haben, was dich betrifft«, antwortete der Duke. »Ich jedenfalls weiß es.«

»Da du mich aufs neue beleidigst, Lynchester«, sagte Lord Locke, »werde ich alles daransetzen, daß es dein Arm ist, der nach dem Duell in einer Schlinge liegt – für Monate, hoffe ich, nicht nur für Wochen!«

Der Duke gab ihm keine Antwort.

Er verbeugte sich nur höhnisch und wandte sich zum Gehen.

An der Tür blieb er noch einmal stehen und sagte halb über die Schulter:

»In einer Stunde also – ich werde alles Nötige vorbereiten.«

Nachdem er gegangen war, warf sich Delphine Lord Locke an die Brust.

»Das darfst du nicht tun, Anthony. Du darfst dich nicht mit ihm duellieren!« Ihre Stimme bebte vor Angst. »Du weißt doch, was für ein guter Schütze er ist!«

»Kein besserer als ich«, erwiderte Lord Locke. »Wie kann er es wagen, mich derart zu beleidigen? Was glaubt er denn, wer er ist, daß er in dein Schlafzimmer eindringt – ohne anzuklopfen?«

»Ich flehe dich an, Anthony, tu es nicht. Noch kannst du aussteigen! Noch ist es nicht zu spät!«

Delphine klammerte sich verzweifelt an ihn.

Doch Lord Locke entwand sich ihrer Umarmung. Wie der Duke verließ er entschlossenen Schrittes ihr Zimmer. Deutlicher als durch Worte gab er ihr zu verstehen, daß er nicht gewillt war, auf ihre Bitten einzugehen.

Hastig kleidete sie sich an und warf sich einen Pelzumhang über die Schultern. Dann stieg sie die Treppe hinab. Sie verließ das Haus durch eine Seitentür und strebte der Reitschule zu.

Es war ein Gebäude, das Marcus Stanley aufs äußerste faszinierte. Erbaut worden war es zur gleichen Zeit wie das Haus, und nach einem verheerenden Brand war es wieder aufgebaut und schließlich von Inigo Jones neu ausgemalt und beträchtlich verschönert worden.

Die Charakteristika der verschiedenen Baustile waren bestens erhalten, und so stellte die Reitschule ein

Musterbeispiel eines in mehreren Epochen mit großem Geschmack restaurierten Bauwerks dar.

Als Delphine die Halle betrat, waren die beiden Gegner mit ihren Sekundanten Lord John Fellows und Sir Charles Seeham schon da. Auch Lord Wilterham, der Schiedsrichter, war bereits zur Stelle.

Sie standen mitten in der Arena, doch als der Duke Delphine erblickte, eilte er auf sie zu, nahm ihre Hand und half ihr die schmale Treppe zur Zuschauerempore hinauf.

»Von hier aus kannst du zusehen, wie ich Locke eine Lektion erteile, die er so schnell nicht vergessen wird«, sagte er, oben angelangt.

»Es wäre weitaus sinnvoller«, erwiderte Delphine kalt, »wenn ihr beide aufhörtet, euch gegenseitig zum Narren zu machen und meinen guten Ruf aufs Spiel zu setzen.«

»Das ist leider unmöglich«, antwortete der Duke. »Ich weiß natürlich, daß du mir Glück wünschst für das bevorstehende Duell.«

»Ja – natürlich«, sagte Delphine. »Aber ich bitte dich, achte darauf, Anthony keine ernsthaften Verletzungen zuzufügen.«

»Ich hoffe, du richtest an ihn die gleiche Bitte«, gab der Duke zynisch zurück.

Er küßte flüchtig Delphines Handrücken und ließ sie auf der Empore allein. Er begab sich nach unten, wo er sich wieder zu den anderen gesellte.

Lord Wilterham, der Schiedsrichter, übernahm nun das Kommando.

»Sie kennen beide die Regeln«, wandte er sich an die beiden Duellanten. »Ich zähle laut bis zehn, während

Sie sich voneinander entfernen, wobei jeder zehn Schritte macht. Dann drehen Sie sich um und feuern.«

Der Duke und Lord Locke hielten es nicht für nötig, ihm zu antworten.

Sie hatten bereits an mehreren Duellen teilgenommen, wie Lord Wilterham wußte. Und der Duke war dafür bekannt, daß er noch nie als Verlierer daraus hervorgegangen war.

Die beiden Sekundanten nahmen ihre Plätze ein, jeder am Rand der Arena.

Der Duke und Lord Locke stellten sich Rücken an Rücken in die Mitte des mit Sägespänen bestreuten Runds. Und als Lord Wilterham zu zählen begann, entfernten sie sich – jeder zehn Schritte – voneinander.

Es kam allen so vor, als nähme der Schiedsrichter sich ungewöhnlich viel Zeit, während er bis zehn zählte.

Hohl klangen seine Worte in der fast menschenleeren Halle.

». . . sieben – acht – neun – zehn . . . Feuer!«

Die beiden Duellanten wirbelten herum. Zwei Schüsse fielen. Der Knall wurde von der hohen Decke zurückgeworfen und hallte im Raum wider.

Dann sank Lord Locke langsam – so langsam, daß keiner seinen Augen traute – zu Boden.

Ungläubig starrte der Duke auf seinen Gegner. Dann kam John Fellowes, Lord Lockes Sekundant, auf ihn zugerannt und rief:

»Du hast ihn ins Herz getroffen, Talbot!«

»Das ist unmöglich!«

»Nein, es ist die Wahrheit. Er muß sich dir voll zugewandt haben, als er schoß. Jedenfalls ist ein Irrtum ausgeschlossen. Ich bin sicher, er ist tot.«

Der Duke wirkte wie versteinert. Die Fassungslosigkeit stand ihm ins Gesicht geschrieben.

Sein Sekundant, Charles Seeham, hatte sich über Lord Locke gebeugt. Er richtete sich nun auf und eilte auf den Duke zu.

»Du hast ihn getötet, Talbot«, sagte er. »Er lebt zwar noch, doch Hampton meint, es sei nur noch eine Sache von Minuten, bis er den letzten Atemzug tut. Du mußt sofort das Land verlassen. Andernfalls läufst du Gefahr, daß man dich festnimmt und vor Gericht stellt.«

Die Lippen des Duke verengten sich zu einem Strich, aber er sagte kein Wort. Charles Seeham setzte hinzu:

»Es ist wirklich das einzige, was du tun kannst. Eine Festnahme kannst du unmöglich riskieren, schließlich wirst du nicht wollen, daß Delphine Bramwells Name in die Sache hineingezogen wird.«

Delphine war von der Empore heruntergekommen und eilte auf sie zu.

»Was ist geschehen?« fragte sie. »Ist Anthony verletzt?«

»Ich fürchte, er stirbt«, sagte Charles Seeham bedrückt.

»Gütiger Gott, nein! Das glaube ich nicht. Wie können Sie so etwas sagen? Ich muß zu ihm! Ich will selbst sehen, was mit ihm ist!«

Sie wäre auf die andere Seite der Arena gelaufen, hätte Charles Seeham sie nicht am Handgelenk festgehalten.

»Gehen Sie nicht hin«, sagte er sanft. »Das ist kein

Anblick für eine Frau. Die Kugel hat ihn ins Herz getroffen.«

»Wie konntest du das tun?« fragte Delphine den Duke mit leiser, verzweifelter Stimme.

»Du mußt mir glauben, daß ich das nicht gewollt habe«, erwiderte er.

»Das wissen wir alle, Talbot«, versicherte Charles Seeham. »Aber es ist passiert, und deshalb mußt du fort! Denk an deine Familie, an Delphine, und warte keine Minute länger. Um Gottes willen mach, daß du aus dem Land kommst! Du hast keine Zeit mehr zu verlieren!«

»Ich denke, du hast recht. Es ist das einzige, was ich in dieser Lage tun kann«, sagte der Duke zögernd.

Er ergriff Delphines Rechte und zog sie zum Ausgang der Reitschule, während die anderen Gentlemen zu der Stelle eilten, wo Lord Locke auf dem Boden lag und vom Arzt untersucht wurde.

An der Tür angelangt, sagte der Duke:

»Du wirst verstehen, Delphine, daß es sowohl für dich als auch für mich das beste ist, wenn ich England verlasse und ins Exil gehe. Nur so kann ich einen Skandal verhindern. Wenn das Geschehene in Vergessenheit geraten ist, werde ich zurückkehren.«

Delphine war totenbleich. Und während der Duke sprach, blickte sie immer wieder über die Schulter zu der Gruppe auf der gegenüberliegenden Seite der Reitschule.

»Aber bevor ich aufbreche, möchte ich dich etwas fragen, Delphine«, fuhr der Duke ruhig fort. »Bist du bereit, mit mir zu kommen?«

»Mit – dir?« wiederholte sie begriffsstutzig.

»Ich frage dich, ob du mich heiraten willst«, sagte er. »Wir werden mindestens drei Jahre im Ausland leben müssen – vielleicht auch länger. Doch ich bin sicher, wir werden Mittel und Wege finden, daß uns die Zeit nicht zu lange wird.«

»Drei Jahre?« rief Delphine entsetzt. »So lange?«

»Ja, zwischen drei und sechs rechnet man für gewöhnlich in einer solchen Situation. Weniger als drei Jahre werden es wohl in keinem Fall sein.«

Delphine starrte ihn an, die Augen dunkel und verängstigt in dem schönen Gesicht.

Sie wirkte verwirrt und suchte nach Worten. Doch als sie endlich ihre Sprache wiedergefunden hatte und etwas sagen wollte, kam Charles Seeham auf sie zu.

»Wilterham läßt dir sagen, du sollst nicht noch mehr Zeit verlieren«, sagte er zum Duke. »In seiner Position muß er den Vorfall zur Anzeige bringen. Und länger als bis morgen früh kann er damit nicht warten. Zu diesem Zeitpunkt mußt du England unbedingt verlassen und den Kanal überquert haben.«

»Gibt es keine Chance, daß Locke am Leben bleibt?« fragte der Duke langsam.

»Die Chance steht eins zu tausend«, erwiderte Charles Seeham. »Und selbst darauf würde ich nicht wetten.«

»Sag Wilterham, daß ich auf der Stelle aufbreche«, antwortete der Duke.

Charles Seeham nickte wortlos und ging zu den anderen zurück.

Sekundenlang blickte Delphine ihm nach, dann wandte sie sich zum Duke um.

»Was ist, Delphine? Ja oder nein?«

Sie ließ einen Seufzer hören.

Dann sagte sie:

»Es tut mir leid, Talbot. Du weißt, daß es mein Wunsch war, deine Frau zu werden. Aber nicht unter diesen Umständen – nicht im Exil, weitab von allem, was mein Leben ausmacht.«

»Ich verstehe«, erwiderte der Duke, »und ich bedauere es, Delphine. Jedenfalls denke daran, daß du nach meiner Abreise abstreitest, etwas von dem Vorgefallenen zu wissen oder darin verwickelt zu sein.«

»Darauf kannst du dich verlassen!« sagte sie mit harter Stimme. Der Duke wandte sich ab und verließ sie.

Im Haus angekommen, eilte er die Treppe hinauf und lief den Korridor entlang. Vor Nerissas Schlafzimmer hielt er an.

Er öffnete die Tür und sah, daß Nerissa vor dem Bett kniete und betete, beschienen vom Licht einer einzigen Kerze.

Sie war so ins Gebet vertieft, daß es Sekunden dauerte, bis sie den Kopf hob und zur Tür blickte.

Überrascht und gleichzeitig unfähig, das glückliche Leuchten auf ihrem Gesicht zu unterdrücken, erhob sie sich langsam, während der Duke die Tür hinter sich schloß.

Er trat auf sie zu und nahm ihre Hand.

»Hör zu, mein Liebling«, sagte er. »Ich habe mich soeben mit Anthony Locke duelliert und ihn tödlich verwundet. Es war ein unglücklicher Zufall. Ich schwöre dir, daß ich es nicht gewollt habe!«

Nerissa stieß einen leisen Schrei aus.

»Tödlich?«

»Er lebt noch, doch Hampton glaubt, daß er keine Stunde mehr durchhält.«

»Oh, wie schrecklich!« murmelte sie.

»Du wirst begreifen, daß mir unter den gegebenen Umständen nur die Flucht ins Ausland bleibt, wenn ich einen Skandal vermeiden will, der mit der Festnahme unweigerlich verbunden wäre.«

Er machte eine Pause und fuhr dann fort:

»So stehen die Dinge, und ich möchte dich bitten, mit mir zu kommen.«

Sekundenlang erschienen helle Lichter in Nerissa Augen. Dann sagte sie fast unhörbar:

»Aber – Delphine!«

»Da Delphine der Anlaß für das Duell war, fragte ich sie, ob sie mich begleiten wolle – als meine Frau. Sie lehnte ab.«

Nerissa hielt den Atem an.

»Sie hat wirklich – abgelehnt?«

»Sie sagte, sie könne drei Jahre im Exil unmöglich ertragen, ohne all die Dinge, die ihr Leben ausmachten.«

Nerissas Augen erstrahlten plötzlich wie im Licht von tausend Kerzen.

»Dann kann ich ja mitkommen«, sagte sie so leise, daß der Duke sie fast nicht verstand.

»Ich bitte dich auf den Knien darum.«

»O Talbot . . .«

Die Worte waren ein Schrei des Glücks und der Befreiung.

Er küßte sie nicht, er sagte nur:

»Wir dürfen keine Zeit verlieren. Wir brechen so schnell wie möglich auf. Zieh dich an! Ich schicke dir jemand, der dein Gepäck abholt.«

Sekundenlang blickte er in ihre Augen. Dann stürmte er aus dem Zimmer, und sie war allein.

Im ersten Moment vermochte sie das Geschehene nicht zu fassen.

Dann wurde ihr bewußt, daß das Hindernis zwischen ihnen beseitigt war. Sie waren frei, konnten sich ungehemmt ihre Liebe gestehen. Der Weg in ein gemeinsames Leben lag offen vor ihnen.

Hastig begann sie sich anzukleiden.

Da sie Mary gesagt hatte, daß sie am nächsten Morgen in aller Frühe wieder nach Hause reisen würde, hatte das Mädchen ihren Koffer bereits gepackt – bis auf das Kleid, das Nerissa beim Dinner getragen hatte.

Im Schrank hingen nur noch das hübsche Cape und das Musselinkleid, die Nerissa bei ihrer Ankunft auf Lyn getragen hatte.

Sie war gerade dabei, die Bänder ihres Hutes unter dem Kinn zu binden, als es an die Tür klopfte. Banks, der Kammerdiener des Duke, kam mit einem jungen Lakaien ins Zimmer.

»Ist Ihr Koffer fertig, Miß?« fragte er.

»Sie brauchen ihn nur noch zuzuschnallen«, erwiderte Nerissa.

»Seine Gnaden wartet unten auf Sie, Miß.«

Er und der Lakai trugen den Koffer aus dem Zimmer den Korridor entlang.

Nerissa blickte sich noch einmal im Zimmer um. Sie vergewisserte sich, daß sie nichts vergessen hatte, und lief dann mit einem Gefühl, als hätte sie Schwingen unter den Füßen, die Treppe hinunter in die Halle, wo der Duke auf sie wartete.

Auch er hatte sich umgekleidet. Durch die Eingangstür sah Nerissa die Reisekutsche, die mit sechs Pferden bespannt war, und zwei Vorreiter.

Niemand war da, um sie zu verabschieden. Der Duke nahm Nerissa bei der Hand, führte sie die Freitreppe hinunter und half ihr beim Einsteigen.

Als die Kutsche sich in Bewegung setzte, vermochte sie das, was geschah, immer noch nicht zu fassen. Irgendwo in ihrem Innern gab es die Angst, sie könnte träumen – und der Traum würde sich plötzlich in einen Alptraum verwandeln.

Dann spürte sie den Druck der Finger des Duke, die sich um die ihren schlossen. Sie wurde sich seiner Nähe und der Tatsache bewußt, daß sie allein waren.

Erst als sie durch das schmiedeeiserne Tor fuhren und auf die Landstraße einbogen, begann sie zu weinen. Ein wenig zusammenhanglos stammelte sie:

»Ich . . . ich hätte für Papa eine Nachricht hinterlassen sollen, damit . . . Er weiß ja gar nicht, was passiert ist.«

»Keine Sorge, das habe ich schon erledigt«, erklärte der Duke. »Ich habe nicht nur ihm einen Brief geschrieben, sondern auch Harry . . .«

»Du denkst an alles.«

»Ich denke an dich«, antwortete der Duke. »Ich denke an dich – und daran, wie sehr ich dich liebe.«

Bei diesen Worten legte er den Arm um sie und zog sie an sich.

Sekundenlang sprach keiner von ihnen ein Wort. Dann löste der Duke mit der freien Hand die Schleife ihrer Hutbänder, nahm ihr den Hut vom Kopf und legte ihn auf die gegenüberliegende Sitzbank.

Als sie den Kopf an seine Schulter legte, sagte er:

»Bist du auch völlig sicher, mein Liebling, daß du es nicht bereuen wirst, so überstürzt mit mir gekommen zu sein. Du bist dir doch klar darüber, daß du sehr lange nicht mehr nach England zurückkehren kannst, wenn Locke stirbt. Nicht wahr?«

»Es spielt keine Rolle, wo ich bin, wenn ich nur mit dir zusammensein kann«, erklärte Nerissa. »Doch es wäre entsetzlich für mich, wenn du plötzlich erkennen müßtest, wie langweilig es für dich ist, immer nur mit mir zusammensein zu müssen.«

Der Duke antwortete nicht. Er küßte sie nur, und von dem Augenblick an bedurfte es zwischen ihnen keines Wortes mehr.

*

Als die Sonne am Horizont aufging, erreichten sie Dover.

Der Hafen lag tatsächlich nur zwanzig Meilen von Lyn entfernt, und die prächtigen Pferdegespanne des Duke schafften die Strecke in Rekordzeit.

Nerissa vermutete, daß sie direkt zum Kai durchfahren würden, wo die Jacht des Duke auf sie wartete, wie er ihr erzählt hatte.

»Und der Kapitän ist schon bereit zur Abfahrt?« fragte sie.

»Ich denke schon«, erwiderte der Duke. »Ich habe einen Reitknecht vorausgeschickt, obwohl das eigentlich nicht notwendig war. Auf meine Anweisung hin ist mein Schiff nämlich ständig zum Auslaufen bereit. Sobald wir an Bord sind, wird nichts mehr unsere Abreise verzögern. Wir werden diese Küste hinter uns lassen und mit vollen Segeln nach Frankreich übersetzen. Dort sind wir in Sicherheit.«

»Das ist die Hauptsache«, sagte Nerissa mit leiser Stimme.

»Vorher allerdings haben wir noch etwas anderes zu erledigen«, erklärte der Duke.

Bevor sie ihn fragen konnte, was dies sei, kamen die Pferde zum Stillstand. Und als sie durch das Wagenfenster nach draußen blickte, sah sie eine kleine Kapelle, die am Ende des Hafens lag.

Erstaunt blickte sie den Duke an, als dieser erklärte:

»Hier beten die Fischer, bevor sie aufs Meer hinausfahren. Und ihre Frauen beten, daß ihre Männer gesund zurückkommen. Ich glaube, mein Liebstes, du wirst hier die richtige Atmosphäre vorfinden, um mir dein Jawort zu geben und meines zu empfangen.«

Einen Moment lang blickte Nerissa ihn fassungslos an.

Zu ihrer Überraschung sah sie, wie er einen kleinen Lederkoffer öffnete, der während der Fahrt auf dem gegenüberliegenden Sitz gelegen hatte.

Der Duke öffnete ihn und holte den Brautkranz hervor, der in dem geheimen Fach im Zimmer der Ducheß gelegen hatte, und mit ihm einen ungewöhnlich kostbaren Spitzenschleier, den er Nerissa mit einem Lächeln aufs Haar legte.

Dann setzte er ihr den Brautkranz auf und schaute sie hingerissen an.

Als der Kutscher den Schlag öffnete, stiegen sie aus und schritten die wenigen Stufen hinauf, die zu der Kapelle führten.

Als sie das geöffnete Portal erreichten, hörte Nerissa Orgelklänge.

Im Innern des kleinen Gotteshauses herrschte mystisches Dunkel, das von den sechs Kerzen, die auf dem Altar standen, nur so weit erhellt wurde, daß Nerissa die Gestalt eines Priesters erkannte, der sie, bekleidet mit Rochett und Stola, am Fuß des Altars erwartete.

Nerissa blickte auf, bemerkte die Fischernetze, die vom Chorgewölbe herniederhingen, und dachte, daß sie dem Raum etwas Geheimnisvolles verliehen.

Gleichzeitig wurde sie sich der andachtsvollen Stimmung bewußt, die in der kleinen Kirche herrschte. Ihr gläubiges Herz öffnete sich hingebend der Nähe Gottes.

Der Duke nahm ihr das Reisecape von den Schultern und legte es über eine der Kirchenbänke.

Dann schritten sie den Mittelgang hinauf, und Nerissa dachte, daß sie in ihrem weißen Kleid, dem langen, bis auf den Boden fallenden Schleier und dem von Juwelen funkelnden Brautkranz genauso aussah, wie sie es sich immer vorgestellt hatte, wenn sie von ihrer Hochzeit träumte.

Die Kapelle war bis auf den Priester menschenleer. Und doch hatte Nerissa den Eindruck, daß sie gefüllt war mit allen, die sie liebten und nicht wünschten, daß der Duke und sie ohne ihren Segen heirateten.

Nerissa war fest davon überzeugt, daß ihre Mutter zugegen war. Ihre Mutter und auch die des Duke.

Und die unglückliche Ducheß war da, so wie sie ihr im Traum erschienen war. Doch nun, da ihr Brautkranz entdeckt worden und der Fluch aufgehoben war, wirkte ihr Gesicht friedvoll und verklärt.

Nun endlich konnte sie die Erde verlassen und mit ihrem Gemahl zusammensein, den sie liebte und der auch sie liebte.

Es ist seltsam, dachte Nerissa, daß ich meiner Sache so sicher bin! Manch einer hätte all das für Phantasien gehalten.

Dennoch wußte sie, daß es Wirklichkeit war und daß der Duke ihr glauben würde, wenn sie es ihm erzählte.

Als der Priester dann ihren Bund segnete, wußte sie, daß ihnen ein Glück beschieden war, wie es nur wenige Paare fanden.

Ja, ihre Liebe würde alle Hindernisse überwinden und fortdauern für immer, denn ihre Ehe war im Himmel geschlossen worden.

Unter den Klängen der Orgel verließen sie das Gotteshaus. Als sie durch das Portal ins Freie traten, blendete heller Sonnenschein Nerissas Augen, und sie war sicher, daß er das Glück versinnbildlichte, das sie zusammen finden würden.

Die Kutsche brauchte nur wenige Minuten bis zum Kai. Dort lag die Jacht des Duke vor Anker. Sie trug den stolzen Namen »The Sea Horse«, und Nerissa war beeindruckt von ihrer schnittigen Form und Größe.

Sobald das Paar an Bord gegangen war, legte die Jacht ab. Langsam glitt sie beim Morgenhochwasser aus dem Hafen.

Der Duke ließ nicht zu, daß Nerissa von der Reling aus beobachtete, wie die Küste Englands kleiner wurde und schließlich in der Ferne verschwand. Statt dessen führte er sie hinunter in die Eignerkajüte, die so geräumig und prachtvoll war, daß Nerissa ihren Augen nicht traute. Er drängte sie, sich hinzulegen und zu schlafen.

»Du hast allerhand durchgemacht«, sagte der Duke ruhig, »und es liegen große Aufregungen hinter dir. Außerdem haben wir noch ein ganzes Leben vor uns. Deshalb möchte ich, daß du dich zunächst einmal ordentlich ausruhst.«

Nerissa wollte widersprechen. Doch dann spürte sie, daß sie tatsächlich sehr erschöpft war.

Die letzten Tage waren so aufregend, so voller Dramatik und Überraschungen gewesen. Und in der Nacht von Sonntag auf Montag hatte sie tatsächlich kaum Schlaf gefunden, da die Küsse des Duke ihre Gefühle in einen wilden Aufruhr versetzt hatten.

Nun küßte er sie nicht leidenschaftlich, sondern sanft und voller Zärtlichkeit, als wäre sie etwas unendlich Zerbrechliches und Kostbares.

Dann, fast noch bevor sie merkte, was geschah, war sie allein in der Kajüte.

Weil sie den Wunsch hatte, ihm zu gefallen, tat sie, was er wünschte. Sie ging zu Bett.

*

»Bist du dir bewußt, daß wir heute genau eine Woche verheiratet sind?« fragte Nerissa ihren Ehemann.

»Ich habe das Gefühl, als wäre es bereits eine Ewigkeit«, erwiderte der Duke.

Nerissa wollte schon entsetzt reagieren, als sie im letzten Moment begriff, daß er sie neckte.

»Was hast du für einen Eindruck von dieser Woche?« wollte er wissen.

Sie lagen nebeneinander in dem riesigen Bett, das die ganze Kajüte auszufüllen schien.

Nerissa wandte sich zu ihm um und schmiegte sich an ihn. Er legte den Arm um sie und zog sie so fest an sich, daß sie kaum noch zu atmen vermochte.

»Du mußt es doch bald leid sein, mich unablässig sagen zu hören, wie sehr ich dich liebe«, erwiderte sie. »Aber es ist so.«

»Und wie liebst du mich?« fragte der Duke.

Nerissa seufzte leise.

»Jeden Abend nach einem langen Tag, den wir gemeinsam verbracht haben, denke ich, daß es unmöglich wäre, dich noch mehr zu lieben, als ich es schon tue. Und doch – wenn ich am nächsten Morgen aufwache, stelle ich fest, daß du es vermocht hast, meine Liebe zu dir noch stärker und tiefer werden zu lassen als am Tag zuvor.«

»Ist das wahr?«

Er strich ihr eine blonde Locke aus der Stirn und sah forschend auf sie nieder.

Weil sie so glücklich war, erschien es Nerissa, als sähe er noch jünger und beeindruckender aus als früher.

Seine Züge wirkten ruhig und entspannt, seine Lippen waren nicht mehr spöttisch verzogen, und auch der zynische Klang in seiner Stimme war verschwunden.

Alles, was er sagte oder tat, war erfüllt von jener Liebe, die in jedem Augenblick ihres Zusammenseins noch inniger und tiefer wurde, wie sie es ausgedrückt hatte, und von der sie annahm, daß es eigentlich keine Steigerung mehr geben könnte, weil es ihr einfach unfaßbar erschien, daß zwei Menschen miteinander so ekstatisch glücklich waren.

»Es ist etwas so Lustiges und es macht mir einen solchen Spaß, die kleinen französischen Häfen anzulaufen, an Land zu gehen und einen dieser köstlichen Leckerbissen zu verzehren, die es in den französischen Gasthöfen gibt«, sagte Nerissa, als spräche sie zu sich selbst. »Das einzige schlimme ist nur, daß ich mich nicht auf die Speisen konzentrieren kann, weil deine Küsse mich zu sehr erregen und jeden anderen Genuß daneben schal erscheinen lassen.«

»Ich bin froh, daß du meiner Küsse noch nicht überdrüssig bist«, sagte der Duke. »Ich habe nämlich das Gefühl, ich werde nie damit aufhören können.«

Bei diesen Worten berührte er ihre Wange und zwang sie, ihn anzuschauen.

Dann küßte er sie. Zunächst zart und weich, und als er spürte, wie ihr Körper sich gegen ihn preßte und vor Erregung zu zittern begann, immer leidenschaftlicher.

»Ich kenne nichts auf der Welt, was mich glücklicher macht!« flüsterte er. »Ich begreife es nicht, aber es ist so. Als ich dich zum ersten Mal sah, mein Liebling, dachte ich, daß ich noch niemals etwas so Schönes gesehen hätte. Aber jetzt bist du noch unendlich viel schöner und liebreizender. Ich glaube, das kommt daher, daß du jetzt zur Frau gereift und kein junges Mädchen mehr bist.«

Seine Worte ließen Nerissa erröten, und er fügte hinzu:

»Es mag dich verlegen machen, doch ich glaube, mein Schatz, wenn ich dich in die Kunst der Liebe eingeführt haben werde, wirst du selbst dich auch als Frau fühlen.«

»Du hast mich schon so viele Dinge der Liebe gelehrt«, erwiderte Nerissa, »und ich möchte immer noch mehr von dir lernen – besonders eines: was ich tun muß, damit du mich wirklich liebst.«

»Glaubst du nicht, daß ich das schon tue?«

»Ich hoffe es von Herzen«, sagte Nerissa ernst. »Aber ich muß dir so viele Dinge ersetzen, auf die du im Exil verzichten mußt – vor allem Lyn, das Haus deiner Väter.«

Ein Beben lag in ihrer Stimme, denn sie fürchtete stets, der Duke hätte Heimweh nach Lyn und fühlte sich ein wenig einsam und heimatlos, trotz der erregenden Dinge, die sie miteinander erlebten.

»Ich bin sicher, auf Lyn nimmt alles seinen gewohnten Gang, und wir brauchen uns keine Sorgen zu machen«, erwiderte der Duke in sachlichem Ton. »Ich habe deinem Bruder gesagt, er solle sich um meine Pferde kümmern und sie ordentlich bewegen – was er bestimmt mit Begeisterung tun wird. Und er wird Lyn nicht eher verlassen, als bis dein Vater alle notwendigen Informationen für sein Buch beisammen hat.«

Nerissa stieß einen Ruf der Überraschung aus.

»Hast du das wirklich getan? Wie konntest du nur so lieb und aufmerksam sein?«

»Außerdem habe ich meinen Steward angewiesen, daß er, wenn die beiden sich zur Heimreise entschließen, zwei Diener mitschickt, die sich in Queen's Rest um deines Vaters und Harrys Wohlergehen kümmern.«

Nerissa war den Tränen nahe und barg das Gesicht an seiner Brust.

»Du beschämst mich«, flüsterte sie. »Ich habe Papa nämlich regelrecht vergessen. Es ist sonst nicht meine Art, und ich will mich auch nicht für mein Verhalten entschuldigen, aber es ist einfach so, daß es mir entsetzlich schwer fällt, an etwas anderes zu denken als an dich.«

»Ich weiß. Deshalb habe ich dir die Sorge für deinen Vater und Harry ja auch abgenommen. Es geschah aus höchst eigensüchtigen Motiven. Du sollst dir um niemanden Sorgen machen als um mich – und das ist ein Befehl!«

»Ich mache mir Sorgen, ob du auch wirklich glücklich bist.«

»Das ist gut«, sage der Duke. »Ich will, daß du dich ausschließlich auf mich konzentrierst. Und ich werde sehr eifersüchtig sein, wenn du an einen anderen denkst.«

»Ich an einen anderen denken? Das würde mir tatsächlich sehr schwer fallen.«

Sie schmiegte sich noch enger an ihn, dann sagte sie leise:

»Es mag dir eigenartig vorkommen, aber ich habe dich nie nach dem Duell gefragt – und nach dem Grund, weshalb es eigentlich stattgefunden hat.«

»Darüber möchte ich nicht sprechen«, antwortete der Duke. »Doch weil ich weiß, daß du genauso wie ich wissen möchtest, was auf Lyn geschieht, will ich dir verraten, daß wir auf dem Weg nach Calais sind, wo ich mit meinem Sekretär zusammentreffen werde. Er hat in der vergangenen Nacht den Kanal überquert und dürfte bereits mit den neuesten Nachrichten auf mich warten.«

Sekundenlang schwieg Nerissa auf diese Ankündigung. Dann erfaßte sie mit einem Mal eine jähe Angst.

»Du ... du glaubst doch nicht, daß irgendwelche Leute in Calais auf dich warten, um dich verhaften und nach England zurückbringen zu lassen?« fragte sie stockend.

»Hier im Ausland können sie mir nichts anhaben«, beruhigte der Duke sie. »Diesseits des Kanals hatten britische Behörden keine Amtsbefugnis. Mach dir also keine Sorgen, mein Liebstes. Überlaß mir das Lösen von Problemen und Schwierigkeiten. Begnüge dich mit dem, was mein Sekretär mir über das berichtet, was während unserer Abwesenheit zu Hause passiert ist.«

Nerissa verspürte ein Gefühl der Scham, denn sie wurde sich plötzlich bewußt, daß sie in den vergangenen Tagen nie auch nur einen einzigen Gedanken an das Durcheinander verschwendet hatte, das sie auf Lyn zurückgelassen hatten.

Es mußte ein Schock für den gesamten Haushalt gewesen sein, als man am nächsten Morgen erkannte, daß der Duke verschwunden war.

Nun, da sie darüber nachdachte, erfaßte sie die Furcht, daß Delphine, obwohl sie es abgelehnt hatte, den Duke zu begleiten, verärgert und empört darüber war, daß die jüngere Schwester ihren Platz eingenommen hatte.

Dem Duke verschwieg Nerissa ihre Besorgnis, weil sie ihn nicht beunruhigen wollte. Und so war sie ein wenig nervös, als die Jacht kurz vor Mittag in den Hafen von Calais einlief.

Der Duke ging allein an Land, wie Nerissa es erwartet hatte.

Sie wußte, daß er sie vor allen Aufregungen bewahren wollte, die ihnen vielleicht bevorstanden, und daß er es vorzog, ihr darüber erst nach seiner Rückkehr an Bord des Schiffes zu berichten.

Trotzdem war sie sehr aufgeregt, und die Unruhe trieb sie an Deck, wo sie von der Reling aus angestrengt zum Kai hinunterschaute, obwohl sie wußte, daß dies im Grunde ein müßiges Unterfangen war.

Nach einer Weile brachte sie es dann auch fertig, ihren Platz auf der dem Hafen zugewandten Seite zu verlassen und sich auf dem Achterdeck in einen Liegestuhl mit Blick auf die See zu legen.

Es war fast Zeit zum Lunch, als der Duke zurückkehrte, und als er an Bord kam, eilte Nerissa ihm entgegen und warf sich mit einem erstickten Schrei an seine Brust.

Noch bevor er sprach, wußte sie, daß er sich glücklich fühlte und alles in Ordnung war.

»Sind es – gute Neuigkeiten?«

»Sehr gute.«

Sie setzten sich auf eine Holzbank. Der Duke nahm ihre Hand in die seine und sagte:

»Mein Liebling, wie durch ein Wunder hat sich Anthony Locke von seinen Verletzungen erholt und ist am Leben geblieben.«

Nerissa hielt die Luft an.

»Er lebt?« fragte sie dann kaum hörbar.

»Ja, er lebt«, wiederholte der Duke. »Das heißt: Wenn wir Lust haben – und das wird frühestens nach Beendigung unserer Flitterwochen sein –, steht unserer Heimfahrt nichts mehr im Wege.«

Ungläubig starrte Nerissa ihn an.

Dann liefen ihr plötzlich die Tränen über die Wangen, und sie vergrub ihr Gesicht an seiner Schulter.

»Du weinst doch wohl nicht, mein Schatz?« fragte der Duke.

»Es sind Tränen des – Glücks«, stammelte Nerissa. »Ich habe zum Himmel gefleht, daß die Dinge nicht so schlimm sein möchten, wie es den Anschein hatte, und daß du nicht zu lange im Exil leben mußt.«

»Deine Gebete sind erhört worden«, sagte der Duke. »Aber ich werde nicht dulden, daß du weinst. Ich will dich lächeln sehen und glücklich – nicht nur jetzt, sondern immer, bis ans Ende unseres Lebens.«

Er küßte sie, bis ein Lächeln ihr Gesicht erstrahlen ließ.

Als sie nach unten ging, um sich für das Luncheon umzukleiden, wanderte er zum Bug der Jacht und blickte auf den Kanal hinaus, der zwischen Frankreich und England lag.

Er dachte, daß er mit Nerissa in drei, vielleicht auch vier Wochen nach England zurückkehren würde.

Sie würde nie erfahren, wie sorgfältig er und Anthony Locke den ganzen Vorfall geplant hatten.

Beim Heil ihrer Seele hatten sie einander geschworen, daß außer den Freunden, die bei dem Duell dabeigewesen waren, nie jemand die Wahrheit darüber erfahren werde.

Lord Locke hatte ihm gestanden, daß er Delphine aufrichtig und von ganzem Herzen liebe und daß sie umgekehrt für ihn das gleiche empfinde. Die Schwierigkeit sei nur, daß er ihr nichts zu bieten habe, nicht einmal ein Haus.

Der Duke hatte ihm daraufhin eröffnet, daß er sich

schon seit geraumer Zeit mit dem Gedanken trage, ihm die Leitung seines Rennstalls anzubieten, da er ihn für einen hervorragenden Reiter und ausgezeichneten Pferdekenner halte.

»Ich besitze ein sehr schönes Haus in Newmarket, das ich für meinen Rennleiter vorgesehen habe«, sagte er zu Anthony Locke. »Und wenn ich dir ein entsprechend hohes Geahlt zahle, das auch ein Stadthaus in London einschließt, sollte Delphine doch eigentlich alles haben, was sie sich wünscht, denke ich.«

Lord Locke war überzeugt davon, daß er Delphine unter diesen Voraussetzungen glücklich machen konnte, obwohl sie sehr verwöhnt war und die Bewunderung, die ihr von allen Seiten entgegengebracht worden war, sie ziemlich verdorben hatte.

Er willigte also in die Vorschläge des Duke ein und erklärte sich mit sämtlichen Bedingungen, die er stellte, einverstanden.

Dazu gehörte auch das Duell, das sie mit Platzpatronen austrugen, und daß Lord Locke den Schwerverletzten spielte, der kaum noch eine Überlebenschance hatte. Ein Umstand, der es dem Duke ermöglichte, ins Ausland zu fliehen.

Jede Einzelheit ihres Planes hatten sie so sorgfältig überdacht, daß nie jemand Verdacht schöpfen würde, falls alle Beteiligten unverbrüchliches Stillschweigen bewahrten.

Jede einzelne Phase des Duells wirkte deshalb überzeugend echt und realistisch, wozu vor allen auch die Wunde auf Lord Lockes Brust beitrug, die Lionel Hampton, der ehemalige Arzt, ihm so kunstvoll beibrachte.

Der Sekretär des Duke war nun also in der Lage, Seiner Lordschaft zu melden, daß sich Lord Lockes Gesundheitszustand weit mehr gebessert hatte, als es unter den gegebenen Umständen zu erwarten gewesen war. Weiter sagte er, daß der Rekonvaleszent hoffe, in zwei Wochen wieder so bei Kräften zu sein, daß er und Lady Bramwell Hochzeit feiern könnten.

Der Duke hatte den beiden seine Glückwünsche übermitteln lassen.

Er wußte:

Wenn er Nerissa erzählte, ihre Schwester sei inzwischen glücklich verheiratet, würde sich auch die letzte Wolke am sonnenerhellten Himmel ihres Lebens auflösen.

»Ich war clever«, sagte er selbstzufrieden zu sich. »Doch im letzten liegt es wohl daran, daß Nerissa den Brautkranz der unglücklichen Ducheß fand und dadurch den Fluch aufhob, der eine so lange Zeit auf dem Geschlecht der Herzöge von Lynchester lastete.«

Das Ganze ist eine faszinierende Geschichte, dachte er. Leider konnte man sie nicht niederschreiben, da das Duell nur eine Farce gewesen war und die Rolle, die Lord Locke und er dabei gespielt hatten, nie bekannt werden durfte.

Aber was sollte das schon?

Hauptsache, die Angelegenheit war glatt und reibungslos verlaufen.

Ein Gefühl der Dankbarkeit erfüllte ihn. Vor allem, weil er wußte, daß Nerissa mit ihrem Liebreiz, ihrer Unschuld und ihrer Klugheit Lyn eine neue Epoche des Glücks und des Friedens bringen würde.

Mit Schaudern dachte er daran, wie er – einem verzweifelten Spieler glich – alles auf eine Karte gesetzt hatte, als er Delphine um ihre Hand bat.

Nie hatte es schrecklichere Sekunden in seinem Leben gegeben als die, in denen er auf ihre Antwort gewartet hatte.

Aber der Himmel war ihm gnädig gewesen.

Sie hatte abgelehnt, und er hatte das Spiel gewonnen.

Es war nicht viel später, als sie nebeneinander in ihrer Kajüte auf dem Bett lagen. Der Duke zog Nerissa noch enger an sich und sagte:

»Ich muß dir etwas erzählen, mein Liebling, und ich bin sicher, es wird dir gefallen.«

»Was ist es?« fragte sie. »Ich habe schon den ganzen Tag über das Gefühl, daß du etwas vor mir verbirgst.«

»Du kannst doch nicht etwa meine Gedanken lesen!« sagte er. »Du bist viel zu scharfsichtig, was mich betrifft. Mein Gott, langsam fange ich an zu glauben, du bist eine Hexe.«

»Wenn ich dir gegenüber scharfsichtig bin, kommt das daher, daß ich dich liebe«, erwiderte Nerissa. »Und meine Liebe läßt mich lauschen auf jede Veränderung im Klang deiner Stimme und auf jeden Ausdruck in deinen Augen.«

»Es würde mich beunruhigen, wenn es mir dir gegenüber nicht genauso erginge.«

Er küßte sie auf die Stirn, bevor er fortfuhr:

»Hörst du zu? Ich habe dir etwas zu sagen.«

»Natürlich. Ist es etwas Schönes?«

»Ich dachte mir, du würdest das fragen. Deine Schwester Delphine wird Anthony Locke heiraten.«

Nerissa stieß einen überraschten Ruf aus.

»Das habe ich mir gewünscht!« rief sie glücklich aus. »Ich weiß, daß sie ihn liebt, so wie er sie liebt – aber sie wollte nun einmal unbedingt eine Duchеß werden.«

»Ich bin sicher, inzwischen hat sie begriffen, daß Liebe kostbarer ist als eine Herzogskrone«, sagte der Duke.

»Ich bin ja so glücklich«, sagte Nerissa. »Jetzt muß ich keine Angst haben, sie wiederzusehen, wenn wir nach Hause zurückkehren.«

»Angst? Ich will nicht, daß du Angst hast – vor nichts und vor niemandem!« Die Stimme des Duke klang ernst. »Du sollst dir weder Angst noch Sorgen machen. Damit hat es nun ein Ende. Was ich von dir möchte, ist nur das eine: Du sollst die Liebe, die du mir schenkst, ausdehnen auf alle, die auf Lyn leben, und auf alle, die uns dort besuchen werden.«

»Wir werden aus Lyn eine Heimstatt der Liebe machen«, murmelte Nerissa. »Aber das wird uns nur gelingen, wenn wir nicht aufhören, einander so zu lieben, wie wir es jetzt tun.«

»Und wie es immer bleiben wird!« sagte der Duke mit fester Stimme.

Er stützte sich auf einen Ellbogen und blickte im Schein der Kajütenlaterne, die neben dem Bett hing, auf sie nieder.

»Ich habe heute gedacht, daß ich der glücklichste Mensch auf Erden bin, denn ich habe dich gefunden. Nicht auszudenken, was geschehen wäre, wenn deine Schwester nicht auf die Idee gekommen wäre, mir euer elisabethanisches Haus zu zeigen und mir deinen gelehrten Vater vorzustellen. Wir beide wären einander nie begegnet.«

Nerissa stieß einen entsetzten Laut aus.

»O Liebling, ich wäre durchs Leben geirrt, ohne eine Ahnung zu haben, daß es dich gibt. Das heißt, Harry hatte mir ja von dir erzählt. Aber dadurch habe ich nur gewußt, daß du im Umgang mit Frauen ein Teufel bist.«

Der Duke lachte.

»Das mag in der Vergangenheit so gewesen sein, doch in Zukunft werde ich ein Heiliger sein, was die Ladys betrifft. Keine wird mich mehr in Versuchung führen, sosehr sie es auch versuchen mag.«

»Und das weißt du sicher?« fragte Nerissa neckend.

»Ganz sicher. Es gibt nur noch eine Frau, die mich in Versuchung führen kann, weil sie so verführerisch, so hinreißend, so ganz und gar vollkommen ist, daß sich neben ihr alle anderen Frauen auf der Welt in Nichts auflösen.«

Nerissa stieß einen leisen Entzückensruf aus.

»O Liebling, das wollte ich von dir hören! Ich könnte es nicht ertragen, auf die vielen schönen Frauen eifersüchtig zu sein, die dir schöne Augen machen und mir das Gefühl geben, nur ein Vergißmeinnicht zu sein.«

Die Lippen des Duke näherten sich den ihren, und seine Hände streichelten zärtlich ihren Körper, als er fragte:

»Glaubst du wirklich, ich könnte dich jemals vergessen? Glaubst du im Ernst, es gäbe eine Frau, die in mir die gleichen Gefühle wecken könnte, die ich jetzt empfinde?«

»Und was sind das für Gefühle?« fragte Nerissa. »Was fühlst du jetzt in meiner Nähe, Liebster?«

»Ich fühle mich wie ein Mann, der unsterblich verliebt ist, der erregt ist und von der schönsten Frau, die er jemals gesehen hat, unwiderstehlich angezogen wird.«

Er wartete nicht auf eine Antwort, sondern preßte seinen Mund auf den ihren.

Als die Flamme der Leidenschaft in ihm aufloderte und er spürte, daß auch Nerissa von ihr erfaßt wurde, wußte er, daß sie beide in diesem Feuer zu einer neuen Person, einem neuen, einzigen Wesen verschmolzen.

Es war die Liebe, die sie emportrug zum Himmel.

Die Liebe, die die Zeit überdauerte, die Liebe, die Ewigkeiten währte und auch dann noch lebendig war, wenn alles sonst zu Staub zerfiel...